10|18
12, avenue d'Italie — Paris XIIIe

Sur l'auteur

Sous le nom de Margaret Frazer se cachent en fait deux femmes. La première, Mary Monica Pulver, est auteur de romans policiers contemporains, la seconde, Gail Frazer, est passionnée par l'histoire médiévale anglaise. Leur collaboration commence en 1992 avec la première enquête de mère Frevisse, *Le Conte de la novice*. Elle se poursuit pendant six ouvrages et deux nominations à des prix — le prix Edgar Poe pour *Le Conte de la servante* et le prix du Minnesota pour *Le Conte de l'évêque* — avant que l'une des deux retourne au XXe siècle et laisse la seconde poursuivre seule l'aventure. Digne héritière d'Ellis Peters, Margaret Frazer publie un livre par an mettant en scène mère Frevisse.

LE CONTE DE L'ÉVÊQUE

PAR

MARGARET FRAZER

Traduit de l'américain
par Bernard CUCCHI

10|18

INÉDIT

« Grands Détectives »
dirigé par Jean-Claude Zylberstein

Du même auteur
aux Éditions 10/18

Titre original :
The Bishop's Tale

ISBN 2-264-03553-6

La chose faite, le meneur déclara :
« Asseyons-nous, buvons, fêtons un peu,
Après quoi nous enterrerons le corps. »

« Conte du Vendeur d'indulgences »,
Contes de Canterbury (Folio, n° 3413),
Geoffrey CHAUCER
(Éd. et trad. André Crépin)

CHAPITRE PREMIER

La chambre était plongée dans l'obscurité, seulement éclairée par les bougies qui brûlaient à la tête du lit et un mince rai de lumière grisâtre le long des fenêtres soigneusement refermées. Les dernières braises charbonneuses du foyer achevaient de se consumer, mais la pièce profitait encore de la bonne chaleur du feu et de celle dispensée par la présence récente d'un grand nombre de gens qui s'y étaient rassemblés.

Pour l'heure, deux hommes seulement s'y trouvaient, dont l'un était mourant.

Thomas Chaucer reposait dans le grand lit, immobile, le haut du corps soutenu par des oreillers. C'était un lit somptueux — sa courtepointe était brodée de fils d'or et il était tendu de rideaux magnifiquement décorés. Tout ce que révélait la faible clarté des bougies témoignait de la richesse du lieu : mobilier ouvragé et, peints sur les poutres du plafond, des entrelacs de feuilles de vigne et d'oiseaux lançant leurs trilles. Un des coffres disposés le long du mur était pour l'instant recouvert d'un linge immaculé destiné à une cérémonie religieuse. Entre deux cierges en cire d'abeille, dont les flammes avaient quelque chose de solennel, on avait placé une petite coupelle d'huile sainte, une autre contenant de l'eau bénite et une boîte en or pour les hosties consacrées. Le cardinal-évêque Beaufort de Winchester s'éloigna du coffre pour revenir près du lit. C'était un homme d'une stature très supérieure à la moyenne, encore accentuée par la pourpre de sa robe bordée de fourrure et la pénombre environnante. D'une voix ferme et parfaitement timbrée il prononça les paroles suivantes :

— *Accipe, frater, Viaticum Corporis Domini nostri Jesu Christi, qui te custodiat ab hoste maligno, et perducat in vitam aeternam, amen.* (Reçois, frère, le corps de Notre-Seigneur Jésus-Christ, qu'il te préserve du démon et te conduise à la vie éternelle, amen.)

Très délicatement, l'évêque déposa le fragment du corps du Christ sur la langue de Chaucer. Celui-ci l'avala, non sans difficulté, avant de murmurer :

— Ma dernière nourriture, et la meilleure.

— Viatique pour ton âme plus que pour ton corps, renchérit Beaufort.

Il s'éloigna, tournant le dos à l'homme qui gisait sur le lit.

— Hal, souffla Chaucer.

— Oui ? répondit Beaufort d'une voix rauque, sans se retourner.

— Reste auprès de moi pour le temps qui me reste. Ce ne sera plus très long.

Sans se retourner, Beaufort inclina la tête, essuya ses yeux et se redressa avant de lui faire face.

— Tu seras sans doute la dernière personne au monde qui m'aura appelé Hal, remarqua-t-il d'un ton léger qui s'efforçait de surmonter son chagrin. Le dernier de ceux qui se souviennent de notre jeunesse.

— Tu oublies Bedford.

— Bedford est en France, où il se remet de ses épreuves. Je doute que nous le revoyions un jour en Angleterre.

Chaucer prit le temps de s'imprégner de ces paroles.

— Eh bien, tu as la chance qu'aucun témoin ne puisse te rappeler les frasques de ta jeunesse, ni faire courir des bruits à ton propos.

Beaufort lui accorda le sourire qu'il attendait et posa la main sur son bras maigre et froid.

— J'ai appris à vivre avec les souvenirs peu charitables que tu conservais de moi à cette époque. Cependant, tu ferais mieux de tenir ta langue et de garder tes pensées pour toi, sinon je me verrai obligé de te redonner l'absolution.

Un long moment s'écoula. Enfin, il détacha l'étole qui lui ceignait le cou, la baisa, la replia et la mit de côté.

Beaufort et Chaucer étaient cousins. Leurs mères étaient sœurs, filles d'un chevalier flamand qui appartenait à l'escorte de la reine. Depuis, cinq rois s'étaient succédé sur le trône. La mère de Chaucer avait fait un beau mariage avec un officier de la maison royale du duc de Lancastre, du nom de Geoffrey Chaucer. Union solide et respectable qui permit à Thomas, grâce aux relations de son père et à ses propres talents, considérables, de bâtir une fortune et de réussir.

La mère de Beaufort s'était montrée moins conventionnelle. Elle avait donné quatre enfants au duc de Lancastre, sans pour autant se faire épouser. Cependant, des années plus tard, à la surprise de tout le monde et pour nulle autre raison que l'amour, le duc l'avait épousée en bonne et due forme. Reconnus, leurs enfants avaient hérité le nom de Beaufort et Henri, le cadet — Hal, à l'occasion — s'était élevé dans la hiérarchie tant de l'Église que du gouvernement de l'Angleterre. Cela lui avait permis d'accumuler une telle fortune qu'il était devenu le premier bailleur de fonds de la Couronne.

Malgré tout ce qui les opposait, ils avaient toujours été d'excellents amis — chacun respectait profondément ce que l'autre avait fait de sa vie. Et en cet instant, en dépit du chagrin qui les accablait, il régnait entre eux un silence complice.

Une bougie siffla, la flamme ayant atteint une partie défectueuse de la mèche, et Beaufort demanda :

— Tu ne voudrais pas que Matilda revienne te voir ? Ou Alice ?

La femme et la fille de Chaucer avaient quitté la pièce, accompagnées de leurs domestiques et de leur suite, pendant qu'on lui donnait les derniers sacrements, et Matilda n'avait pas un instant cessé de pleurer. Si l'une d'elles revenait, tout le monde suivrait et la tranquillité de la pièce en pâtirait. Les yeux clos, Chaucer répondit en remuant les lèvres le moins possible :

— Non.

Au bout d'un moment, il dit :

— J'aimerais que tu fasses quelque chose pour moi.

— Tout ce qui sera en mon pouvoir.

Et il n'en manquait certes pas.

— Dans l'armoire, là...

Chaucer remua légèrement la tête pour lui désigner celle à laquelle il pensait parmi les armoires disposées le long du mur.

— Il y a un livre. Enveloppé de tissu. Ce n'est pas dans mon testament, mais donne-le à ma nièce. La nonne. Mère Frevisse.

Un sourire souleva les coins de ses lèvres.

— Mais je t'interdis de l'ouvrir. Qu'il reste enveloppé.

— Des livres secrets pour de jeunes femmes, Thomas ? le taquina gentiment Beaufort. Suis-je censé approuver ?

— Tu devrais officiellement désapprouver si tu en connaissais la teneur, mais je ne crois pas mettre en péril son âme, non plus que la mienne, avec cet ouvrage.

Et d'ajouter, hors de propos :

— Par ailleurs, elle n'est plus si jeune.

— J'imagine que non. Cela fait longtemps qu'elle a pris le voile.

Beaufort chercha le livre et le trouva. Il était petit, à peine de la longueur d'une main, mais volumineux, même si on ne tenait pas compte du morceau de tissu. Il put en sentir la tranche du bout des doigts.

— Je suppose que ce n'est pas quelque chose que j'aimerais avoir dans ma bibliothèque ?

Le sourire de Chaucer s'élargit.

— Je t'ai déjà légué mes meilleurs livres. Non, il s'agit d'un petit ouvrage tout simple auquel tenait Frevisse quand elle vivait ici. Il me plairait de le savoir entre ses mains.

— Considère alors que c'est chose faite.

Beaufort posa l'objet sur le coffre tendu de blanc et retourna au chevet de Chaucer.

— Mais j'y pense, est-ce que ton gendre ne va pas s'opposer au pillage de ta bibliothèque à mon seul profit ?

— Mon gendre juge un livre au nombre de pierres précieuses insérées dans sa couverture et à l'éclat doré des enluminures. Je lui ai laissé les plus colorés. Il sera content.

— Il faudra bien, remarqua Beaufort. Je doute qu'il accepte d'en discuter avec moi.

La fille de Chaucer avait épousé en troisièmes noces William de la Pole, comte de Suffolk. Il avait hérité d'une grosse fortune et d'un joli minois, faisait montre d'un charme certain et ne manquait pas d'influence dans le gouvernement, même si — de l'avis de Chaucer et de Beaufort — l'intelligence n'était pas sa qualité première, encore moins le bon sens. En cas de litige, nul doute que Suffolk aurait le dessous, car, pour ce qui était d'argumenter, personne, dans le royaume, n'était de taille à rivaliser avec Beaufort.

Certes, ce n'était pas par manque de talent que celui-ci n'avait pas accédé à la charge suprême du gouvernement de Sa Majesté — protecteur[1] du jeune roi Henri VI —, mais à cause d'une incompatibilité de caractère regrettable entre lui et son propre neveu par alliance du côté de son père. Si la haine avait pu tuer — que Dieu lui pardonne —, cela aurait fait belle lurette que Humphrey, duc de Gloucester, serait décédé. De fait, chacun était parvenu à ruiner les ambitions de l'autre ; et, si tous deux détenaient un réel pouvoir et occupaient un poste élevé, aucun n'avait satisfait ses véritables ambitions ni réussi à se rendre maître du gouvernement du jeune souverain. Ils n'étaient pas non plus sur le point d'y parvenir, car le roi approchait à présent d'un âge qui le rendrait capable de prendre plus de responsabilités. À moins de savoir rester assez proche de lui pour gagner ses faveurs et son soutien...

Beaufort s'aperçut qu'il s'était enfermé dans ses pensées et que Chaucer l'observait en affichant son air moqueur habituel, pour autant, du moins, que le lui permettaient ses maigres forces.

— Très bien, concéda-t-il, j'étais en train de « ressasser mes ambitions », comme tu avais coutume de le

1. *Protector* : personne en charge d'un royaume ou d'un État durant la minorité, l'absence ou l'incapacité du monarque ; régent. *(N.d.T.)*

remarquer. M'en sauras-tu gré si je t'avoue que, maintenant, j'en viens à penser que tu avais raison de refuser avec tant de fermeté de te laisser entraîner dans le monde peu reluisant avec lequel j'ai accepté de frayer pendant toutes ces années ?

Chaucer secoua faiblement la tête, en signe de dénégation.

— Non. J'ai toujours été convaincu que j'avais raison d'éviter Westminster comme la peste. Même si, comme la peste, on ne peut pas toujours y échapper.

Il sourit et ajouta :

— Cependant, j'ai toujours estimé que tu étais à ta place, Hal, au vu de tes ambitions, si différentes des miennes. Vois-tu, il me serait pénible d'apprendre que tu t'es lassé.

Timidement — et Chaucer était sans doute le seul homme en Angleterre devant lequel il révélait cet aspect de son personnage —, Beaufort répondit :

— Le roi grandit. Les choses sont en train de changer.

— À ton avantage, peut-être.

— Il se peut, admit Beaufort.

Si Bedford mourait en France — Bedford, l'homme qui l'avait à la fois soutenu et aidé à réfréner ses ambitions, préservant l'équilibre entre les différentes factions de la Cour, sans se soucier du ressentiment qu'il provoquait autour de lui —, alors, oui, des perspectives nouvelles s'ouvriraient.

Les yeux de Chaucer se fermèrent, non pas à cause du sommeil, songea Beaufort, mais parce qu'il n'avait pas la force de les garder ouverts. Au creux de sa gorge, le battement de son pouls s'accéléra, avant de cesser. Beaufort se pencha, le cœur noué. Le pouls repartit, faiblement, lentement, mais régulier. Cela faisait maintenant trois mois que Chaucer était mourant, qu'il avait pleine conscience que sa mort approchait, bien que la maladie qui le rongeait se fût déclarée peu de temps auparavant. Quoi qu'on lui donnât à manger, ses forces déclinaient ; en dépit de tous les soins qu'on lui prodiguait — et il disposait des meilleurs médecins du royaume —, il était maintenant aussi décharné que s'il avait décidé de se laisser mourir de faim.

— Lydgate, souffla Chaucer sans ouvrir les yeux.

Beaufort faillit regarder dans la pièce pour savoir qui venait d'entrer.

— S'il compose un poème sur moi, continua Chaucer, les yeux toujours clos, je te demande avec insistance d'empêcher qu'il ne soit lu à mes funérailles ou lors de n'importe quelle cérémonie commémorative. Pas un mot, pas un vers.

— Mais...

Lydgate était le grand poète anglais, brillant, populaire et prolifique. Tout événement lui était bon pour versifier d'abondance. Sa longue complainte à l'occasion du départ de Chaucer pour la France avait recueilli force louanges. En outre, il se voulait le continuateur du propre père de Thomas, Geoffrey. On pouvait donc à bon droit s'étonner des propos peu amènes que Thomas, en privé, n'avait jamais cessé de tenir sur son œuvre.

— À moins que tu ne sois certain que je ne reviendrai pas te hanter de quelque horrible manière, fais en sorte qu'on ne lise rien de lui me concernant, de mon vivant ou après ma mort. Ni à mes funérailles, ni lors de la messe de fin de mois, ou de celle de l'anniversaire de ma mort, non plus qu'en n'importe quelle autre occasion.

Beaufort ne put s'empêcher de grimacer un sourire crispé et de laisser couler ses larmes. Si, chez les gens bien nés, cela n'était pas considéré comme honteux, il n'avait toutefois pleuré personne avec autant de chagrin depuis la mort de sa mère, plus de trente années auparavant. Il fut incapable de répondre avant un long moment :

— Tu as ma parole. Lydgate te sera épargné, même dans la mort.

Les sourcils de Chaucer se dressèrent, mais ses yeux demeurèrent clos. Il prit une légère inspiration, puis une autre et demanda, d'une voix plus faible :

— Ma nièce. La nonne. Je t'en ai parlé ?

— Oui. J'ai le livre. Je le lui remettrai.

— Dis-lui... qu'elle me manquera.

CHAPITRE II

Frevisse s'inclina un peu plus et posa son front sur la pierre froide de la marche de l'autel, les mains serrées contre la poitrine, les genoux douloureux. Elle était là depuis la fin de tierce, l'office du milieu de la matinée. Sexte approchait et les autres nonnes du prieuré de Sainte-Frideswide n'allaient pas tarder. Elle devrait se lever et prendre place avec elles dans le chœur — elle n'était pas certaine que ses genoux puissent la soutenir quand il lui faudrait se remettre debout.

Elle soupira et se redressa, levant les yeux vers la lampe qui brûlait au-dessus de l'autel. Chaque jour, des mains attentionnées renouvelaient l'huile qui alimentait sa petite flamme abritée tout au fond du verre rouge et bombé. Elle restait toute droite, minuscule lueur imperturbable parmi les ombres et les courants d'air froid de l'église et de la vie.

Frevisse frissonna. Ces derniers temps, elle avait été emportée par le tourbillon glacial de l'existence et semblait ne pouvoir y échapper, en dépit de toutes ses prières et de force pénitences. Il y avait six mois de cela, elle avait fait des choix qui l'avaient obligée à prendre une ultime décision — et, depuis lors, elle était tourmentée par sa conscience, sans pouvoir trouver la paix. Certaines personnes étaient mortes, qui, peut-être, seraient demeurées en vie si elle avait agi autrement[1]. *Mea culpa, mea culpa, mea maxima culpa.*

Elle ne se souvenait plus que de journées grises et humides, froides, sous des cieux lourds, à croire qu'elles partageaient son chagrin. Le printemps avait éclos, il y avait longtemps, mais rares avaient été les jours de soleil. L'automne pluvieux était revenu et les maigres récoltes avaient pourri sur pied. On avait à peine fêté la Saint-Martin et cette fin novembre de l'an de grâce 1434 ne laissait présager qu'un terrible hiver de famine et de mort, comme si le monde se voulait le reflet de son âme.

À cette pensée, Frevisse plissa amèrement la bouche. Ce reproche qu'elle se faisait, depuis des mois elle essayait âprement d'en purger son esprit.

La supérieure avait perçu le désarroi de son cœur. À la Saint-Jean, quand elle avait redistribué les tâches, mère Edith avait décidé que Frevisse ne serait plus en charge des pèlerins, ce qui exigeait d'elle de veiller sur les hôtes du prieuré et la mettait sans cesse en contact avec les affaires du monde. Elle l'avait nommée maîtresse des novices. Il lui reviendrait de surveiller celles qui résideraient au couvent — pour l'heure, il n'y en avait pas et aucune n'était attendue. Entre-temps, elle était chargée de copier de sa belle écriture chaque ouvrage que la prieure avait promis à quelqu'un ou emprunté pour le prieuré — un seul, en l'occurrence, depuis la Saint-Jean.

Tout en appréciant qu'on la libère de ses responsabilités envers le monde extérieur, Frevisse avait compris que mère Edith lui avait confié ce travail pour

1. Voir *Le Conte du bandit*, 10/18, n° 3341. *(N.d.T.)*

lui donner une chance de s'amender et de guérir sa blessure intime. Ce n'était pas faute d'avoir essayé, mais, pour l'heure, elle n'éprouvait aucune joie, pas même du plaisir dans l'une quelconque de ses activités, ou quand elle priait. Et cela aussi était un péché, mortel qui plus est, car péché de langueur. Dieu pardonnait à tous ceux qui se repentaient, mais encore fallait-il ouvrir son cœur pour obtenir miséricorde.

La sonnerie discordante de la cloche du cloître annonça que sexte approchait. Frevisse se signa d'un geste las et se mit péniblement sur ses pieds. Sept fois par jour, de minuit jusqu'à l'heure du coucher, les offices étaient son refuge et sa consolation. Elle parvenait presque toujours à s'oublier dans la litanie magnifique, toute en contrepoints et harmonies, des psaumes et des prières, retrouvant momentanément l'assurance que sa sécheresse de cœur et d'esprit ne serait pas éternelle.

Cependant, elle se prolongeait. Accablée, elle fit les quelques pas qui la séparaient de sa place dans le chœur, derrière l'autel, s'agenouilla et attendit, tête baissée.

Dans leurs chaussures aux semelles souples, dans le seul bruissement de leurs robes, les autres nonnes surgirent tranquillement des endroits où leurs tâches les tenaient occupées dans le prieuré. Sainte-Frideswide était une petite communauté bénédictine, ne comptant que dix nonnes et leur prieure. Frevisse pouvait identifier chacune à sa manière de marcher. Sœur Thomasine tout d'abord, dont la légèreté empressée trahissait l'excitation. Depuis l'enfance, elle avait toujours voulu se consacrer à Dieu et, bien qu'à peine sortie de l'adolescence, elle accomplissait sa vocation d'un cœur brûlant. Cela avait été un choc pour elle quand mère Edith lui avait demandé de veiller sur les malades, en remplacement de sœur Claire. Tout autant que pour celle-ci, qui avait été arrachée à ses herbes et potions bien-aimées, ainsi qu'à ses patients, pour occuper la charge de cellérière et de cuisinière, ce qui lui donnait la haute main sur les hommes de peine du prieuré, des laïcs, ainsi que sur les entrepôts et les fourneaux. Les pas fermes et égaux de sœur Claire succédèrent à ceux de sœur Thomasine, mêlés à ceux des deux sœurs Emma et Juliana qui s'approchaient immédiatement derrière — celles-ci ne montraient ni hâte ni réticence, se contentant de venir satisfaire à une des nombreuses obligations de la vie d'une nonne. Derrière elles, et on ne pouvait se tromper sur sa démarche pesante, sœur Alys apparut. Elle avait mal accepté de perdre l'autorité que lui conférait sa fonction de cellérière et ne cachait pas son mécontentement d'être devenue sacristaine. Enfin, un bon moment s'écoula avant que sœur Amicia n'arrive en courant, à peu près aussi en retard qu'à son habitude.

La mère supérieure attendit que sœur Amicia eût pris place pour faire son entrée. Le sentiment de sa dignité lui interdisait de prendre part à l'agitation et à l'affairement de ses nonnes. Mais, après avoir patienté, elle se montra dès que sœur Amicia se fut précipitamment agenouillée dans sa stalle. Elle était flanquée de sœur Perpetua et de sœur Lucy, chacune lui soutenant un coude pour lui permettre de se tenir droite et l'aider à s'installer, en traînant les pieds, sur le siège qu'elle occupait dans la stalle du chœur, richement sculptée, qui lui était personnellement réservée. Mère Edith était fort âgée et les grands froids du dernier hiver l'avaient durement éprouvée. Elle avait survécu à une très sérieuse infection des bronches, sans pour autant recouvrer ses forces. Levée avec les autres, Frevisse la suivit d'un regard soucieux tandis qu'elle approchait lentement et prenait place avec difficulté. Mère Edith était prieure depuis qu'Henri de Lancastre s'était fait couronner roi sous le nom d'Henri IV. Frevisse ne pouvait et ne voulait imaginer Sainte-Frideswide sans elle.

La prieure venait de s'asseoir quand la cloche de l'église annonça qu'il était sexte.

C'était un office court. Frevisse s'y réfugia avec autant de concentration que le permettait sa brièveté et, à la fin, elle se montra particulièrement implorante, *Domine, exaudi orationem meum, et clamor meus ad te veniat.* (Seigneur, écoute ma prière et laisse mon cri s'élever jusqu'à toi.)

La prière se mêla au silence de l'église. Un instant, il n'y eut plus aucun mouvement, plus aucun murmure, rien qu'une paix chargée du poids sacré de toutes les prières dites en ce lieu.

Enfin, mère Edith se pencha en avant et sœur Perpetua et sœur Lucy se hâtèrent de venir l'aider à se remettre debout. Les autres nonnes se levèrent, respectueuses, attendant pour quitter leur place qu'elle se fût éloignée — et toutes de repartir d'un pas vif vers les tâches qui les attendaient. Comme elles s'en allaient, Frevisse se laissa de nouveau glisser sur son agenouilloir et récita encore une fois les paroles d'ouverture de sexte. *Rector potens, verax Deus... Confer salutem corporum veramque pacem cordium...* (Seigneur tout-puissant, Dieu de vérité... Donne au corps la santé et au cœur la vraie paix...)

La santé, elle la demandait pour mère Edith. Qu'elle vive, si telle est ta volonté. Mais, pour elle-même, elle implorait la paix du cœur, *pacem cordium*, la paix...

Une main sur son épaule la tira de ses pensées. Étonnée, Frevisse leva la tête et aperçut sœur Perpetua qui se penchait au-dessus de la stalle du chœur.

Il était difficile de juger de l'âge des autres nonnes de Sainte-Frideswide, emmitouflées qu'elles étaient dans les larges plis de l'habit des bénédictines qui ne laissait voir que leurs visages entourés de voiles noirs et de guimpe blanche, très peu même de leur front et rien au-dessous du menton. Frevisse estimait que sœur Perpetua pouvait avoir dix ans de plus qu'elle, ce qui en faisait une quadragénaire. C'était une femme trapue, au visage avenant et aux manières décidées. Tenue par ses vœux de silence, elle sourit à Frevisse et eut un geste de la main qui signifiait « la prieure », puis un autre, qui était une invitation à la suivre.

De part et d'autre du portail de l'entrée, le parloir de la prieure avait vue sur la cour intérieure et les vestibules destinés à accueillir les visiteurs, grâce à trois hautes fenêtres situées au-dessus d'une banquette confortable, garnie de coussins richement brodés. Parmi ses obligations, la prieure se devait à l'occasion de recevoir des hôtes d'importance et de traiter d'affaires dont elle n'aurait pu s'acquitter dans le cadre des rencontres habituellement organisées dans la salle capitulaire, aussi ses appartements étaient-ils plus confortablement installés que le reste du monastère. On trouvait là une grande table ouvragée, couverte d'une tapisserie en drap d'Espagne, deux chaises, et une cheminée dans laquelle une bûche crépitait, produisant une flambée qui tentait de repousser le froid de cette journée grisâtre.

La chaise à haut dossier de la mère supérieure avait été disposée près de l'âtre. Elle y était assise, enveloppée dans la cape doublée de fourrure qu'elle portait pour respecter la volonté de la sœur infirmière. Elle lui venait jusqu'au menton, lui donnant un air engoncé, et, au fur et mesure que les mois passaient, Frevisse avait l'impression que la prieure rapetissait. Pour l'heure, on eût pu croire qu'elle s'était assoupie, le menton enfoncé dans les replis de sa guimpe. Mais il n'en était rien — ou bien ce n'était que le très léger sommeil des personnes âgées. À l'entrée de Frevisse, elle releva la tête et, sous les paupières ridées, son regard éteint retrouva toute sa vivacité.

— Mère Frevisse, dit-elle, et celle-ci lui fit une révérence.

— Asseyez-vous.

Elle lui désigna le tabouret en face d'elle, près de l'âtre.

Frevisse prit place et fut immédiatement sensible à la chaleur du feu sur ses joues. Elle aurait bien voulu tendre les mains vers les flammes, mais elles étaient cachées sous ses manches, hors de vue, comme la décence l'exigeait ; les montrer aurait été faire preuve de frivolité.

— Il est arrivé une missive pour vous.

Mère Edith hocha du chef vers sœur Perpetua, debout près de la table. Celle-ci s'avança, une feuille de parchemin pliée et scellée à la main.

Frevisse avait pensé que la mère supérieure désirait la voir pour l'entretenir de quelque manquement à ses devoirs ou pour s'inquiéter du temps considérable qu'elle passait seule dans l'église. Reportant son attention sur la lettre, elle put voir qu'elle lui était adressée — Mère Frevisse Barret, prieuré de Sainte-Frideswide, près Banbury, Oxfordshire —, sans pour autant reconnaître la main qui avait tracé ces mots.

— Je crains qu'il ne s'agisse de mauvaises nouvelles, dit mère Edith d'une voix douce.

Frevisse retourna alors la lettre et reconnut le sceau de son oncle, Thomas Chaucer, gravé dans la cire. Si la lettre était de lui, pourquoi quelqu'un d'autre avait-il inscrit l'adresse ? Il n'avait jamais agi ainsi auparavant. Les mains tremblantes, car elle n'ignorait pas qu'il avait été malade, Frevisse décacheta la missive et la déplia. Elle reconnut l'écriture familière de son oncle : « Ma nièce bien-aimée, j'espère que ce mot vous trouvera en bonne santé et je forme des vœux à ce propos, avec la bénédiction de Dieu et la mienne. Je suis mourant... »

Frevisse retint son souffle. Son être se raidit et elle dut faire effort pour demeurer calme. C'était un mot bref, qui ne s'écartait en rien de son sujet, sans faire aucune place aux habituels traits d'esprit dont son auteur était coutumier.

« Le mal, que nous espérions voir se retirer, a fini par s'avérer fatal. J'aimerais vous voir une dernière fois, s'il plaît à Dieu et que votre aimable prieure vous donne l'autorisation de voyager... »

Les larmes de Frevisse tombèrent sur la feuille, se mêlant à l'encre. D'un geste nerveux de la main, elle s'essuya les yeux, pour les empêcher de couler, et poursuivit sa lecture.

« Dans le cas contraire, je veux vous serrer contre mon cœur et vous assurer que je penserai à vous au ciel. Votre oncle, Thomas Chaucer. »

Encore aveuglée par les larmes, Frevisse tendit la lettre à la mère supérieure, car la règle voulait que la prieure eût le droit et le devoir — et, dans ce cas, l'obligation — de lire tout courrier adressé à ses nonnes. Elle attendit, les mains sur le visage pour maîtriser ses pleurs, jusqu'au moment où mère Edith lui dit, avec une grande gentillesse :

— Vous partirez dans l'heure. Que Dieu vous accorde de le revoir.

CHAPITRE III

Sous un ciel agité de nuages sombres, cette froide journée ne laissait filtrer qu'une mince traînée d'un rouge maussade, horizon qui se faisait menaçant vers l'ouest. Depuis le matin, le temps était resté gris, mais il n'avait pas plu et les rafales cinglantes du vent soufflaient maintenant dans le dos des quatre cavaliers qui couvraient le dernier tronçon du chemin, au fond de la vallée où se dressaient un village et l'ensemble de bâtisses et de murs qui avait nom Ewelme Manor, but de leur voyage.

Il était déjà trop tard. Dans le dernier village, ils avaient appris le décès de Chaucer. « Hier, avait dit un homme. Ma foi oui, hier. On a entendu le glas. Le vent nous l'a apporté. Et puis, aujourd'hui, on a su qu'il était mort, sûr et certain. Que Dieu le garde. »

De ce fait, s'ils se hâtaient maintenant, c'était pour échapper au froid vif et aux bourrasques furieuses et, après deux jours de chevauchée dans le vent d'hiver, il n'y avait pas lieu de s'en étonner. Le petit lac situé entre le village et le manoir était recouvert d'une écume blanche mousseuse et les grands ormes qui l'entouraient murmuraient en penchant leurs membres dénudés qui dessinaient des formes noires à l'assaut d'un ciel sans cesse en mouvement.

Les grilles extérieures d'Ewelme étaient demeurées ouvertes, éclairées de chaque côté par des torches. Quand les cavaliers pénétrèrent dans la cour de devant, des valets se précipitèrent des écuries, attrapant les chevaux par la bride et aidant les voyageurs à mettre pied à terre.

Le dos raide et la démarche mal assurée à cause du froid, Frevisse descendit de sa monture et chercha à reconnaître un visage parmi les valets qui se pressaient. C'est à Ewelme qu'elle songeait quand elle pensait à un chez-soi, car elle avait fait partie de la maisonnée de son oncle pendant les huit dernières années de son adolescence.

Mais apparemment cela faisait trop longtemps qu'elle s'en était allée. Tous lui étaient inconnus, y compris le petit bonhomme qui, tandis qu'on emmenait les chevaux, se haussait du col sous le nez des voyageurs, les examinant de près pour savoir lequel d'entre eux était le chef du groupe. Même si l'on tenait compte de l'épaisseur des vêtements et de la cape qui l'emmitouflaient, c'était un homme tout rond qui, telle une vessie de porc remplie d'eau, bondissait et rebondissait sur place, manière de manifester son impatience à rendre service.

— Oui, oh oui, bienvenue à tous ! C'est une nuit terrible qui nous attend, ça oui. Aussi sommes-nous très heureux de vous offrir l'hospitalité. N'en doutez pas. Mais, peut-être savez-vous que la maison est en deuil. Nous pouvons vous accueillir, certainement, mais...

— Je suis la nièce de maître Chaucer, l'interrompit Frevisse sans aménité. Il a demandé à me voir. Avant de mourir, ajouta-t-elle, pour s'épargner d'avoir encore à entendre qu'elle arrivait trop tard.

— Oh ! Oh !

Le petit bonhomme montra un désarroi sincère. Elle le dépassait d'une tête et il se tordait le cou pour essayer de se hisser à son niveau.

— On vous l'aura donc dit sur le chemin ! Comme c'est cruel, comme c'est triste ! Croyez bien que je compatis !

Il observa ses compagnons. Sœur Perpetua se tenait près de Frevisse. Le respect des convenances n'admettait pas qu'une nonne voyageât sans être flanquée d'une autre recluse. Derrière les deux femmes, on distinguait les deux grands gaillards que l'intendant du prieuré avait désignés parmi le personnel des écuries pour les accompagner. Par les temps qu'on vivait, et étant donné la saison, tout voyageur sensé se déplaçait avec la meilleure escorte possible.

Prévoyant que, d'un moment à l'autre, les femmes risquaient d'être la proie d'une crise de chagrin larmoyante, le petit bonhomme sembla sur le point de traiter avec l'un des hommes. Mais Frevisse était lasse et avait trop froid, et elle savait qu'il en allait de même pour sœur Perpetua. Elle ne se sentait aucunement encline à perdre du temps en étalant sa douleur. Brusquement, prenant la situation en main, elle déclara :

— Conduisez mes hommes dans les écuries, pour autant que cela est possible.

Le petit homme hocha du chef, clignant rapidement des yeux devant cette manifestation d'autorité. Frevisse ne lui laissa pas l'occasion d'exprimer son accord. Elle s'adressa directement aux hommes du prieuré :

— Rentrez demain à Sainte-Frideswide, ordonna-t-elle. Je ne sais combien de temps nous serons retenues ici, mais, si cela devait se prolonger plus d'une quinzaine de jours, nous vous le ferions savoir. Quand nous aurons toute liberté de revenir, ma tante nous fournira une escorte, n'en doutez pas.

Elle considéra le bonhomme, attendant qu'il confirme. Il dressa la tête, l'air important, et acquiesça.

— Oh, certainement, certainement.

Comme les deux gaillards s'inclinaient maladroitement, prêts à suivre l'un des valets vers les écuries, sœur Perpetua lança :

— Que Dieu vous accorde une bonne nuit de repos !

Honteuse d'avoir manqué à la plus élémentaire courtoisie, Frevisse se dépêcha d'ajouter :

— Et un voyage de retour sans encombre.

De nouveau, les hommes se courbèrent, pressés de trouver un abri et de quoi se sustenter. Frevisse et sœur Perpetua s'en remirent aux bons soins du petit homme.

Ewelme était un manoir entouré de douves. Comme ils franchissaient le pont extérieur, derrière leur minuscule guide, le vent les surprit de nouveau, plus froid encore qu'une heure plus tôt, mais des domestiques se tenaient là pour leur ouvrir les portes et c'est sur les talons de leur hôte qu'elles échappèrent au vent et aux ténèbres et gagnèrent un passage formé de paravents en bois ouvragé, protection efficace contre les courants d'air qui s'étaient engouffrés avec eux. Au bout se trouvait la grand-salle, cœur de la demeure et lieu d'assemblée pour la maisonnée. Elle était brillamment éclairée par des torches et résonnait du bruit des tables à tréteaux que l'on était en train de dresser.

— Ce sera bientôt l'heure du souper, crut bon d'expliquer leur hôte, comme si c'était nécessaire. Bon, eh bien...

Il hésitait. Il semblait n'avoir pas décidé ce qu'il allait faire d'elles depuis qu'ils avaient quitté la cour des écuries pour se rendre dans cette partie de la maison. Fallait-il d'abord leur donner à manger et leur permettre de se réchauffer ? Ou les conduire sans tarder auprès de maîtresse Chaucer ? À moins de...

Frevisse estima qu'il devait s'agir d'un des serviteurs de sa tante ; son oncle avait toujours exigé de sa propre domesticité qu'elle sût réagir promptement et respecter les usages. Impatientée — aussitôt, elle se le reprocha —, elle dit :

— Je veux voir mon oncle. Sœur Perpetua désire s'asseoir auprès d'un bon feu en attendant l'heure du repas. Je ne doute pas que tante Matilda aimerait être informée de notre arrivée.

— Oui, oui, cela me semble pour le mieux, acquiesça l'homme. Votre oncle se trouve dans la chapelle, ma mère. Si vous voulez bien me suivre...

— Je connais le chemin. Occupez-vous de sœur Perpetua.

Celle-ci lui adressa un regard reconnaissant, sourit en frissonnant et approuva d'un signe de tête. C'était une voyageuse endurante, peu encline à se plaindre et capable, à l'occasion, d'apprécier certaines attentions, mais elle était aux limites de ses forces et avait grand besoin de se réchauffer et de s'asseoir. Elle s'éloigna avec le petit homme.

En dépit de l'abondance de cierges disposés autour du cercueil, la chapelle était glaciale. Frevisse s'arrêta sous le porche, toute tremblante de froid, se souvenant des paroles de tante Matilda quand elle prônait la construction d'une cheminée... « Là, le long du mur extérieur. Il n'y aurait aucun inconvénient à la bâtir. » Mais Chaucer avait répliqué : « Nous venons dans ce lieu pour le bien de nos âmes, non point pour l'agrément de nos corps. » Et, bien qu'en d'autres circonstances et en d'autres lieux il n'eût aucune objection contre le bien-être matériel et sût s'entourer du luxe que lui permettait une fortune considérable, pour la chapelle, il n'en avait pas démordu. On n'y trouvait donc aucune cheminée et le froid semblait suinter des pierres.

Cependant, il n'avait pas lésiné sur la décoration. Pour les gens de la maison, l'office principal se tenait dans l'église du village, où aurait lieu la cérémonie funèbre précédant l'inhumation. La chapelle, seulement consacrée aux dévotions privées de la famille et à la messe quotidienne du prêtre de la maisonnée, était d'une complexité aussi gracieuse et élégante qu'un reliquaire de saint. Derrière l'autel, un retable savamment ouvragé, en bois doré, s'élevait jusqu'au plafond, peint d'un bleu céleste piqueté d'étoiles. Bien que l'autel fût, pour le moment, drapé de noir plutôt que des splendides étoffes habituelles, un long tapis de laine aux broderies rouges, bleues et vertes aussi étincelantes que des diamants, courait au pied de ses marches et traversait toute la chapelle presque jusqu'à l'entrée. Sur les murs latéraux, on avait représenté des saints qui se tenaient côte à côte dans une prairie couverte de fleurs tandis que le mur du fond offrait la vision magnifique d'une Vierge régnant au paradis sous le regard empli de béatitude d'anges et de saints.

Quand elle l'aperçut, Frevisse se rappela son oncle lorsqu'il lui chantonnait : « Si la pomme n'avait pas été croquée, croquée, Alors Notre-Dame n'aurait point été couronnée reine du paradis, du paradis... », comme il l'avait fait le jour où il lui avait expliqué le sens de cette image, alors que, toute petite, elle venait d'arriver à Ewelme et se montrait encore craintive devant l'étrangeté du lieu.

Son cercueil était placé sur des tréteaux, devant l'autel. Deux prêtres et deux domestiques de la maisonnée étaient agenouillés parmi les cierges qui l'entouraient, et leurs prières formaient un murmure chuintant dans le silence. On ne cesserait de le veiller jusqu'à l'heure de le mettre en terre.

Frevisse s'avança en silence de manière à pouvoir

découvrir son visage. La lumière des bougies lui donnait un air chaleureux qui n'était plus le sien et, comme cela arrive souvent avec les morts partis en paix, il semblait seulement dormir. Cependant, il ne lui serait plus jamais nécessaire de penser *Souviens-toi de lui dire cela quand tu le verras à ta prochaine visite.* Il était désormais vain d'entretenir l'espoir de parler et de discuter avec lui dans ce bas monde, non plus que d'entendre son rire.

Le chagrin de Frevisse était encore si déchirant qu'elle ne parvenait pas à s'y habituer. Elle baissa les yeux, s'agenouilla à l'endroit où elle se trouvait et entama des prières pour le salut de son âme et son repos éternel. Elle avait tant prié ces derniers mois pour affronter la terrible détresse morale qui l'accablait de doutes, à laquelle s'ajoutait une douleur différente de celle qu'elle éprouvait en cet instant, que les mots lui vinrent instinctivement à la bouche sans qu'elle eût besoin de les chercher.

Absorbée dans ses prières et sa peine, elle demeura inconsciente des allées et venues dans la chapelle jusqu'au moment où une main lui toucha légèrement l'épaule.

— Vous feriez mieux de venir souper, maintenant, dit une voix. Votre tante désire vous voir dès que cela vous sera possible.

Elle ressentit la dureté de la pierre contre ses genoux, sous le tapis, et fut sensible aux mouvements et aux murmures autour d'elle au fur et à mesure que ceux qui avaient prié cédaient leur place à de nouveaux arrivants. Son visage était humide et brûlant de larmes et elle n'avait aucune idée du temps qui venait de s'écouler. Il était inutile de chercher à dissimuler qu'elle avait pleuré et elle n'essaya pas de le faire quand elle leva la tête vers l'homme debout près d'elle.

Elle reconnut en lui un des prêtres agenouillés près du cercueil quand elle était entrée. Il avait les traits tirés de celui qui s'est longuement et douloureusement consacré à l'oraison, mais, en dépit de la fatigue, son visage brillait, comme en témoignage de la profondeur de son recueillement.

Elle le laissa lui prendre le coude et l'aider à se relever, sans lui demander comment il se faisait qu'il la connaissait. Bien sûr, la nièce de Chaucer, la nonne, était attendue. Et il est vrai qu'elle avait *faim*. Arrachée à ses prières, elle devint soudain consciente de son corps douloureux et, par-dessus tout, de son désir de nourritures et de chaleur.

— Merci, dit-elle.

Les mains croisées sous les manches, tête baissée, elle le suivit, non pas vers la grand-salle où la plupart des gens de la demeure prendraient leur repas, mais vers un escalier à l'écart qui menait au parloir de sa tante.

Quand elle était jeune fille, Frevisse avait passé d'innombrables heures inconfortables dans cet endroit, à se familiariser avec les sempiternels et délicats travaux d'aiguille, tout cet art de la broderie et de la couture qu'on estimait convenir aux dames, ou à écouter sa tante parler. Qu'elle s'adressât à elle, aux femmes de sa suite ou au vide parfois, tante Matilda n'interrompait jamais ses bavardages. Elle en était si friande que cela avait amené Frevisse à chercher refuge et tranquillité auprès de son oncle, quand il travaillait parmi ses livres. Plus tard, un autre motif, plus fort, était apparu : l'amour qu'elle portait au contenu de ces ouvrages. Pour elle, son oncle avait été, et de loin, une compagnie bien plus agréable que celle de sa tante ; il mettait autant d'attention à écouter qu'à parler et son esprit embrassait tant le savoir livresque acquis dans sa bibliothèque que les leçons de la vie. Quand Frevisse avait déclaré sa vocation, tante Matilda avait considéré ce choix tout à fait inconvenant, certes, mais, le cher Thomas ayant donné son approbation, elle s'y était soumise de bonne grâce.

Outre les moments d'ennui qu'elle y avait connus, Frevisse se souvenait du parloir de sa tante comme d'une pièce charmante et harmonieusement bâtie, avec un haut plafond et de larges fenêtres qui laissaient entrer la lumière même par temps couvert. Il donnait sur les douves, où s'ébattaient des cygnes, et, en été, on apercevait les vertes étendues du parc. Disposant d'une fortune personnelle reçue en héritage et de celle, toujours plus grande, de son époux, tante Matilda l'avait meublé avec tout le confort possible. Et, ce soir-là, bien que les volets des fenêtres, ceux du haut et du bas, eussent été fermés, les lampes disposées un peu partout, sur toutes les surfaces planes qui s'offraient, ne laissaient que peu d'espace aux ombres, sinon dans les recoins les plus éloignés. La lumière forte et régulière qu'elles dispensaient faisait briller les motifs peints sur les volets et les poutres du plafond et s'accrochait aux fils brillants des tentures couvrant les murs. Pour mieux chauffer, on avait allumé des foyers dans les angles de la pièce et si grande était l'assemblée qui se pressait que, dès l'abord, Frevisse fut bien en peine de reconnaître quelqu'un.

Enfin, elle aperçut sa tante. Assise dans le fond du parloir, devant la plus belle des tapisseries, elle portait une somptueuse robe et un voile noirs. À sa droite, sur un autre fauteuil, se trouvait une femme plus jeune, en vêtements noirs tout aussi luxueux. Frevisse devina qu'il s'agissait de sa fille, Alice. Par conséquent, l'homme derrière, sur un siège, ne pouvait être que son dernier mari, William de la Pole, comte de Suffolk.

Elle eut plus de mal à découvrir l'identité de celui qui était à la gauche de tante Matilda. Un instant, incapable de bien le distinguer parmi la foule qui s'agitait, Frevisse ne sut même pas deviner qui il pouvait être. Elle finit néanmoins par mieux l'apercevoir. À voir la coupe austère de sa longue robe noire qui effleurait le sol et la calotte de prêtre qui dissimulait sa tonsure, il s'agissait d'un homme d'Église. Pourtant, en dépit de la longueur de la pièce qui les séparait, elle comprit qu'il n'était pas n'importe quel ecclésiastique ; il affichait un maintien princier et, soudain, elle le reconnut, bien qu'elle ne l'eût aperçu qu'en deux occasions, au temps de son adolescence : il s'agissait du cardinal-évêque Beaufort de Winchester. Un prince de l'Église, sans aucun doute, qui honorait grandement la famille par sa présence.

Et puis tante Matilda, dont l'œil était toujours aussi affairé que la langue, l'aperçut. Mettant un terme aux condoléances qu'elle recevait, elle se leva de son fauteuil avec une exclamation et se hâta vers elle, bras tendus.

— Frevisse, ma chère ! Ma bien-aimée !

C'était une femme de grande taille, entre deux âges et bien en chair. Son voile noir, qui aurait largement suffi à une demi-douzaine de femmes, s'envola et se déploya dans son dos tandis qu'elle prenait Frevisse entre ses bras et la serrait contre son cœur.

— Je savais que vous arriveriez trop tard. Il est parti si soudainement, presque aussitôt après que nous avons envoyé la lettre. Je ne sais comment je vais faire sans lui, ce que nous allons tous devenir en son absence. Mais vous êtes là. Mille fois merci, ma fille.

Étouffée par les embrassades de sa tante et submergée par un flot de paroles, Frevisse ne put que murmurer :

— Chère tante.

Ce qui parut suffisant.

Cependant, il fallait qu'elle soit présentée et d'abord à tous ceux qui étaient là :

— C'est ma nièce bien-aimée, Frevisse, qui nous vient du prieuré de Sainte-Frideswide. Le cher Thomas l'aimait tellement et elle est arrivée trop tard pour lui dire adieu, mais sa présence m'est un réconfort et j'en suis très heureuse.

Ensuite, ce fut au tour des trois personnes assises en face de la tapisserie, sur les seuls fauteuils de la pièce.

— Monseigneur de Winchester, permettez-moi de vous présenter ma chère nièce, Frevisse.

Tante Matilda conduisit Frevisse directement devant lui.

— Frevisse, je vous présente le cardinal-évêque Henri Beaufort. Il a fait tout le chemin depuis Winchester... imaginez un peu... pour assister aux derniers moments de Thomas. Ils étaient cousins. Vous vous souvenez certainement de lui.

Frevisse s'inclina bien bas.

— Monseigneur, dit-elle.

Elle prit la main qu'il lui tendait et baisa la bague qui marquait son rang. Il en portait beaucoup, toutes très ornées, de pierres rouges pour la plupart, allant du rubis au grenat. *Sans doute parce qu'elles s'accordent à merveille avec la pourpre de ses robes de cérémonie*, supposa-t-elle, remarquant que son habit était coupé dans la plus somptueuse des laines et doublé de fourrure noire. Ces pierreries et cette zibeline ne laissaient aucun doute sur la rumeur qui lui attribuait une fortune considérable — parmi tant d'autres choses que l'on colportait à son propos.

Mais, hormis ce que Chaucer lui avait appris, elle ne le connaissait que par ouï-dire. Quand elle se releva et croisa son regard, la manière qu'il eut de l'observer avec une attention bien plus soutenue que ne l'exigeait leur rencontre ne laissa pas de la déconcerter.

Cependant, il se contenta d'une formule on ne peut plus banale :

— Cette perte m'afflige autant que vous.

Il lui suffit donc de répondre, avec un hochement de tête reconnaissant :

— Une grande perte et un grand chagrin pour tous deux.

Dès lors, elle fut libre de le quitter pour aller voir sa cousine Alice.

Depuis son admission à Sainte-Frideswide, elle avait rencontré son oncle et sa tante assez souvent, mais cela faisait dix-sept années qu'elle n'avait vu Alice. Celle-ci avait treize ans, alors, et était déjà veuve de son premier mari depuis deux ans. Entre-temps, la femme en elle s'était épanouie, et elle avait épousé le comte de Salisbury, et subi un nouveau veuvage, après la mort de celui-ci au siège d'Orléans, pour, au bout de quelques années, se marier avec le comte de Suffolk.

Quand Frevisse l'avait connue, c'était une enfant sage et bien élevée, point trop ordinaire ni particulièrement charmante, mais qui cousait avec un talent que Frevisse avait à jamais renoncé à s'approprier. À ce rappel du passé, elle fut surprise de se retrouver face à une femme aussi grande qu'elle et très séduisante, aux yeux bleus en amande, chaleureux et intelligents. Elle quitta son siège pour prendre sa main.

— Cela faisait longtemps, cousine, et c'est une triste occasion que celle qui nous permet de nous retrouver, dit-elle d'un ton aussi gracieux que ses gestes.

Frevisse murmura une réponse, cherchant à concilier le souvenir qu'elle avait de sa petite cousine avec la vision de cette femme adulte et sûre d'elle. Non pas qu'elle fût d'une beauté sans défaut ; son visage, son nez et sa lèvre supérieure avaient quelque chose de trop long, mais chacun de ces traits était en harmonie avec les autres et elle avait conservé sa blondeur et son teint de rose. Il n'était pas difficile de comprendre comment elle avait pu, par deux fois, trouver un parti dans la haute noblesse, même si l'on tenait compte de l'argent de son père.

L'époux d'Alice, William, comte de Suffolk, s'était à son tour levé pour être présenté. Plus grand que sa femme, il avait des cheveux bruns grisonnant joliment aux tempes et affichait une gravité de bon aloi, mais, à voir le pli rieur de sa bouche, Frevisse supposa qu'en d'autres circonstances il devait se montrer joyeux drille. Son genre de beauté ne dérogeait pas aux canons de l'époque — traits vigoureux et équilibrés, mâchoire ferme, front large, nez bien dessiné. Alice et lui formaient un couple étonnamment assorti ; leurs enfants seraient sans doute magnifiques. Pourtant, après avoir baisé la main de Frevisse, il la tapota avec un peu trop de condescendance et, quand il prononça quelques phrases de circonstance, il parut d'abord plus soucieux de sa manière de les tourner que du réconfort qu'elles lui procuraient. Frevisse décida qu'il valait mieux l'éviter.

L'arrivée des domestiques qui apportaient les plats lui épargna d'avoir à recevoir d'autres condoléances. Alice, Suffolk et la plupart des autres devaient souper dans la grand-salle avec toute la maisonnée, mais tante Matilda serait servie dans le parloir en compagnie de l'évêque Beaufort.

— Et je vous demanderai de me suivre à ma table, ma chère. Avec... sœur Perpetua ? Je ne doute pas que toutes deux êtes fatiguées et ce sera tellement plus confortable qu'en bas.

Frevisse s'empressa d'accepter. Comme on dressait la petite table, elle s'approcha de sœur Perpetua qui était tranquillement en train de converser avec le prêtre qui l'avait accompagnée depuis la chapelle. Apparemment, lui aussi resterait pour le souper. Il la salua d'une légère inclinaison de la tête.

Sœur Perpetua les présenta :

— Le père Philip, qui est prêtre à demeure...

Elle le regarda d'un air interrogateur.

— Depuis trois ans, déjà ?

— Oui, au dimanche de l'Avent, confirma-t-il.

— Père Philip, dit Frevisse en baissant un peu la tête.

— Mère Frevisse.

Sa voix était plaisante, égale et bien modulée, assortie aux traits expressifs d'un visage qui aurait été beau si la peau n'avait révélé, sur le menton, les joues et jusqu'aux tempes, les stigmates profonds et blanchâtres de la vérole. Sa chevelure noire formait une couronne lisse, au cheveu ras au-dessus des oreilles et, à l'instar de celle de l'évêque, sa robe noire était taillée dans une laine de prix, même si la coupe en était plus traditionnelle. Contrairement à l'évêque, il ne portait aucun bijou, hormis un simple anneau d'or gravé, mais il était évident qu'il ne s'agissait pas d'un pauvre prêtre obligé d'arrondir ses revenus en marge de ses activités sacerdotales ; ses manières étaient aussi policées que celles d'un courtisan. Tous trois s'entretinrent courtoisement du temps et des désagréments qu'occasionnaient les voyages jusqu'au moment où on annonça que le repas était servi.

Tout au long du souper, on s'en tint à une conversation étonnamment banale, comme si les convives s'étaient réunis pour le plaisir d'être ensemble. Personne ne fut surpris qu'elle débutât par les commentaires de tante Matilda sur le mauvais temps. Elle eut la gentillesse d'inclure sœur Perpetua dans ses questions et ses commentaires et celle-ci eut soin de ne jamais se laisser aller à trop de familiarité dans ses réponses. Elle avait été élevée dans une maison qui ressemblait beaucoup à Ewelme et avait appris à se comporter avec autant de discrétion que d'attention. C'était l'une des raisons pour lesquelles mère Edith l'avait choisie pour accompagner Frevisse. « Elle n'ajoutera pas à vos ennuis et ne déshonorera pas le prieuré en se montrant effrontée », avait-elle dit.

De fait, sœur Perpetua répondait avec douceur et amabilité à tout ce qu'on lui disait et, quand la conversation s'éloigna d'elle, elle ne fit rien pour la retenir. Ses manières étaient à ce point irréprochables qu'on aurait pu la croire inconsciente de l'importance de l'évêque Beaufort, trônant à sa droite, à l'une des extrémités de la table.

Pour Frevisse, il était moins facile de se montrer aussi aimable. Son chagrin, bien réel, la minait et le bavardage habituel de sa tante lui était difficile à supporter. En outre, au-delà des mondanités imposées par les circonstances, elle sentait désagréablement peser sur elle le regard de Beaufort. L'intérêt qu'il lui manifestait la laissait de marbre. Elle avait hâte que la soirée s'achevât, elle voulait se retrouver dans son lit avec ses pensées et sa peine, avant d'affronter la journée du lendemain. Las, il fallait d'abord en finir avec ce souper et voilà qu'au beau milieu d'une discussion sur la maigreur des récoltes, l'évêque lui demanda :

— Comment cela se passe-t-il dans votre prieuré ? Avez-vous pu sauver quelque chose des récoltes ?

Ayant soin de conserver un ton neutre, qui satisfaisait au seul désir d'informer et de se montrer courtoise, Frevisse répondit :

— Assez, peut-être, pour atteindre l'an nouveau si nous nous montrons très économes.

Elle n'aurait pas dû poursuivre, mais l'honnêteté l'obligea à ajouter :

— Et peut-être pas s'il nous faut en céder aux villageois, comme nous fîmes l'année dernière.

Enfin, trahie par le besoin de savoir, elle s'enquit :

— Importerons-nous du blé de l'étranger ? Qu'ont donné les récoltes, en France ?

— En France, cela a fort ressemblé à ce que nous avons connu, si ce n'est dans l'extrême Sud, qui ne nous est d'aucune utilité, répondit l'évêque Beaufort sans se faire prier.

Passé la Loire, on se trouvait en territoire français, où la loi anglaise ne s'appliquait pas.

— Pour l'heure, nous traitons avec la Hanse, afin qu'elle nous fournisse en blé de la Baltique orientale, où les récoltes furent bonnes, avons-nous appris.

L'importance du sujet — survivraient-ils, ceux qui n'avaient pas les moyens d'acheter du blé, étant donné son prix, conséquence de sa rareté ? — fit oublier à Frevisse son vœu de ne point trop parler. Si quelqu'un pouvait être informé, c'était l'évêque Beaufort. Elle se pencha vers lui pour l'interroger :

— Entre-temps, s'efforcera-t-on de maintenir des prix bas, ici, en Angleterre ?

L'évêque interrompit le mouvement de sa main qui portait sa cuiller à sa bouche.

— Le Conseil a donné comme instruction à chaque cité de s'y efforcer, dans la mesure du possible.

Réponse bien à la manière d'un homme de pouvoir. Le ton poli de Frevisse en fut quelque peu altéré. C'est d'une voix qui exigeait une réponse précise plus qu'elle ne la demandait qu'elle s'enquit :

— Et dans quelle mesure estimez-vous qu'elles s'y efforceront ?

— Chère Frevisse, avez-vous goûté un de ces gâteaux ?

Tante Matilda fit signe à un domestique de lui apporter un plat contenant de petits gâteaux fourrés aux raisins.

Frevisse secoua la tête, car elle avait reconnu le stratagème que sa tante employait fréquemment chaque fois qu'elle et Chaucer se mettaient à disputer avec enthousiasme et à grand renfort d'arguments abstraits de sujets que Matilda estimait inconvenants en la circonstance. Avec une soudaine humilité, et de la colère contre elle-même, car elle sentait qu'elle se montrait plus effrontée qu'elle n'aurait dû, elle répondit :

— Merci, ma tante, et dirigea son attention vers l'un des gâteaux.

On changea de sujet de conversation. Combien y aurait-il de personnes présentes aux funérailles, prévues pour le surlendemain, et quelles seraient-elles ?

Pourtant, quand, un peu plus tard, elle leva de nouveau les yeux vers l'évêque Beaufort, il l'observait avec un regard encore plus inquisiteur qu'un moment auparavant.

CHAPITRE IV

Au matin, quand elle se leva, tante Matilda avait encore le teint brouillé par le chagrin, et la fatigue d'Alice, qui avait partagé le lit de sa mère, se lisait aux cernes de ses yeux. Frevisse et sœur Perpetua, encore toutes courbaturées et épuisées par un voyage effectué à la hâte, avaient dormi sur deux lits habituellement destinés aux domestiques, ces derniers et la dame d'honneur d'Alice s'installant sur des matelas de paille qu'on avait maintenant dissimulés sous le lit haut, afin de dégager le passage.

Pour les deux nonnes, la toilette matinale se réduisait à se laver et à enfiler leur guimpe et leur voile, bien maintenus par des épingles, tandis que la dame d'honneur d'Alice devait d'abord coiffer et natter sa maîtresse, avant de l'habiller. Sans avoir échangé plus de trois mots, les deux invitées se mirent dans un coin pour ne pas gêner.

Frevisse, sensible à l'agitation et aux bavardages autour de sa cousine et de sa tante, anormalement silencieuse, se souvint d'un jour où Chaucer avait remarqué que les hommes fatigués deviennent tranquilles tandis que les femmes se mettent à parler. Il était évident que tante Matilda était maintenant au bord de l'épuisement. Tout en apprêtant la robe noire que sa maîtresse porterait ce jour-là, la chambrière particulière de tante Matilda, Joan, lança brusquement, d'un ton que seule une domestique de longue date pouvait se permettre :

— Madame, il ne convient pas aujourd'hui que vous vaquiez à vos affaires. Personne ne vous le demande. Nous avons suffisamment de gens pour veiller à tout ce qu'il incombera de faire.

— Mais les invités. Thomas aurait voulu...

Alice l'interrompit :

— Père aurait voulu que vous ne vous rendiez pas plus malade que vous ne l'êtes.

Elle regarda Frevisse, par-dessus la tête de Matilda, et celle-ci réagit aussitôt :

— Vraiment, ma tante, voilà des semaines que vous êtes soumise à rude épreuve. Aujourd'hui, un grand nombre de personnes doivent arriver pour assister aux funérailles, et vous rencontrer sera pour chacune l'occasion de vous demander quelque chose, quand il vous faut justement garder vos forces pour demain. Que je sache, il n'y a rien en ce jour dont Alice et moi-même ne puissions nous occuper, quitte à venir vous voir si besoin était. S'il vous plaît, ma tante, convenez-en.

À l'écoute de ce discours, Matilda ne cessait de secouer la tête pour signifier son refus, mais, quand elle eut fini de parler, Alice s'agenouilla à ses pieds, lui prit la main et l'implora avec une grande douceur :

— Mère, je vous en prie. Laissez-nous nous en occuper à votre place.

Matilda ferma les yeux au moment où les larmes lui venaient. Son corps se détendit, affichant une détermination moindre et c'est d'une voix hésitante qu'elle admit :

— Il se peut... il se peut que vous ayez raison. C'est demain qu'il me faudra y penser, à l'heure où... à l'heure où...

Elle ne pouvait se résoudre à le dire : « nous enterrerons Thomas », mais, après un effort évident, elle parvint à recouvrer son sang-froid. Elle ouvrit les yeux et entreprit de leur dresser la liste de tout ce qu'il conviendrait de faire en ce jour : vérifier qu'il y avait des couvertures dans l'armoire à linge, veiller à ce que les employés de l'écurie s'occupent de regarnir les couches de paille ; puis s'assurer des préparatifs du repas des funérailles et que rien ne manque à l'office, trouver des herbes aromatiques pour en recouvrir le sol de l'église, noter le rang de chaque nouvel arrivant — accueillir tout le monde en personne, bien sûr —, et s'assurer de sa place dans la procession vers l'église, le lendemain et lors du banquet, faire en sorte qu'il y ait suffisamment d'eau afin que les invités puissent se laver dès leur arrivée, et que personne ne confonde un seau de toilette avec un pot de chambre, avoir soin que les familles en mauvais termes dorment dans des lieux séparés ce soir-là et ne se retrouvent pas assises côte à côte le lendemain, entretenir toute la journée le feu dans la grand-salle, pour que les invités ne manquent pas de se réchauffer sitôt arrivés...

Alice et Frevisse échangèrent une petite grimace de complicité mutuelle dans le dos de Matilda tandis que Joan la pressait de regagner sa couche et l'interminable énumération se perdit en un murmure de lassitude.

Le début de l'après-midi fut marqué par une affluence considérable de gens. Les voisins les plus proches ne devaient venir que le jour de la cérémonie, mais, en novembre, le soleil se couche tôt et tous ceux qui avaient plusieurs heures de cheval devant eux arriveraient dans la journée et passeraient au moins deux nuits à demeure. Thomas Chaucer avait noué des relations tant parmi les marchands de Londres qu'au sein des cercles les plus proches du pouvoir royal, et tous étaient gens d'importance. Toutefois, il fallait respecter scrupuleusement les préséances et Frevisse fut soulagée d'apprendre qu'il revenait à Alice de recevoir les plus hauts personnages qui se présenteraient. En tant que veuve du comte de Salisbury et épouse du comte de Suffolk, mais aussi de fille des maîtres de céans, la plupart d'entre eux lui étaient déjà familiers ; la courtoisie qu'elle mit à s'acquitter de ses devoirs rappela à Frevisse tout aussi bien la petite cousine maîtresse d'elle-même qu'elle avait connue que l'homme qu'avait été Chaucer.

Il échut à Frevisse d'accueillir les gens d'un rang inférieur, terme par ailleurs tout relatif. Tous ces chevaliers[1] propriétaires terriens et ces marchands plus riches que des comtes étaient à peine moins considérés. C'est ainsi qu'on introduisit dans la grand-salle sir Walter Fenner, chef de l'importante et très nombreuse maison Fenner.

Les Fenner comptaient parmi les plus hauts protecteurs de Sainte-Frideswide, même si, ces derniers temps, ils ne se montraient plus aussi généreux et se mêlaient moins des affaires du prieuré que quelques années auparavant. Quoi qu'il en soit, sir Walter et Frevisse se connaissaient déjà. Dès qu'il apparut dans la salle, elle eut le temps d'afficher une aimable contenance traduisant un certain plaisir, tempéré par le motif cruel qui leur donnait l'occasion de se revoir, et elle sut trouver une formule gracieuse :

— C'est un grand bonheur que vous ayez pu venir, sir Walter.

— Croyez que je regrette fort que ce soit en de si tristes circonstances, répondit-il.

1. Chevalier : titre de noblesse au-dessous de baron en France et de baronnet en Angleterre. *(N.d.T.)*

Les Fenner oubliaient très difficilement les offenses et, lors de leur dernière rencontre, il l'avait accusée d'avoir dissimulé le meurtre de sa mère. Mais, en cet instant, il sut se montrer à la hauteur de ses devoirs. Il fut bref mais correct.

— La perte de votre oncle doit grandement vous affliger.

— Ce n'est que trop vrai, sir.

Ils n'éprouvèrent pas le besoin d'en dire plus, pourtant, comme il se détournait pour suivre le domestique qui allait l'accompagner plus avant, elle vit que l'écuyer dont il était flanqué était le jeune Robert Fenner, celui-là même qui l'avait aidée au cours de l'incident qui l'avait opposée à sir Walter, à Sainte-Frideswide. Pendant les trois années suivantes, elle l'avait moins souvent croisé et elle remarqua que le jouvenceau de naguère avait définitivement cédé la place à un jeune adulte. Le sourire furtif et chaleureux qu'il lui adressa tandis qu'il emboîtait le pas à sir Walter lui prouva qu'il ne l'avait pas oubliée.

Ensuite, le petit bonhomme bondissant — elle avait appris qu'il avait nom Gallard Basing et fonction d'huissier — s'avança vers elle en compagnie d'un nouveau venu.

— Sir Clement Sharpe, annonça Gallard avec une froideur inhabituelle, avant de s'écarter.

Sir Clement était un homme maigre, au teint pâle, aux cheveux clairsemés d'un brun terne, comme celui des feuilles mortes, assorti à la couleur de ses yeux. Il portait avec élégance une large houppelande bleu marine, doublée d'une épaisse fourrure grise, et un couvre-chef à la pointe duquel était accrochée une longue traîne, qu'il avait déjà ôté pour s'incliner devant elle, avec une ostentation un peu trop marquée.

— Ma mère, mes regrets sincères pour la mort de votre oncle.

— Merci. Nous apprécions fort votre venue. Tante Matilda en sera heureuse.

Sa bouche se crispa, sans qu'elle en comprît la raison, et sa réponse aussi lui demeura obscure :

— Assurez-la que nous avons arrangé l'affaire avant qu'il ne tombe malade et que je n'en retirerai aucun avantage.

Elle sourit et dit :

— J'en suis certaine.

Car, quelle qu'eût pu être l'affaire à laquelle il faisait allusion, ce n'était pas avec tante Matilda qu'il traiterait, mais avec les avocats du comte de Suffolk, Suffolk et Alice étant les héritiers de Chaucer.

— Puis-je vous présenter ma nièce ? demanda sir Clement et il tendit la main pour faire passer devant lui une fille.

Du moins Frevisse le crut-elle dès l'abord, mais ce n'était pas une enfant : un regard plus attentif lui permit de découvrir une femme de seize ou dix-sept ans, bien que petite pour son âge et de constitution fragile.

— Lady Anne Featherstone.

Lady Anne fit la révérence. Elle portait une simple robe de voyage, en laine bleu foncé, ce qui ne nuisait aucunement à ses manières, dont la délicatesse n'avait rien à envier à son minois. Frevisse lui rendit sa révérence mais, déjà, sir Clement ajoutait, moins aimable :

— Et mon neveu, Guy Sharpe.

La ressemblance était mince entre le maigre et pâle sir Clement et le beau jeune homme à la forte carrure qui avança d'un pas au côté de lady Anne. S'il s'inclina et la salua comme il convenait, pourtant, plus qu'aux mots utilisés, Frevisse fut sensible au regard tendre et affectueux que lady Anne lui jeta à la dérobée.

Elle n'était pas certaine que sir Clement s'en fût aperçu, mais, avant qu'il eût fini de se relever, celui-ci avait commencé à s'éloigner, tirant lady Anne à sa suite, l'écartant de Guy, en un seul geste éloquent. Frevisse vit le visage du jeune homme se contracter et, alors qu'il en terminait à peine avec ses civilités, son regard demeura braqué sur lady Anne jusqu'au moment où il emboîta le pas à sir Clement.

Frévisse espéra qu'ils attendraient d'avoir quitté Ewelme pour donner libre cours au litige qui semblait latent entre eux.

Vers la fin de l'après-midi, le flot des visiteurs s'interrompit, et Frevisse se libéra de ses devoirs pour se diriger vers la chapelle. Hormis un court instant dans la matinée, elle ne s'y était pas rendue depuis la veille, à peu près à la même heure.

Depuis, ni la pénombre ni la lumière diffuse des cierges ni le froid n'avaient changé. Non plus que sa peine. En outre, elle se sentait encore fatiguée — moins à cause du froid et du voyage que de devoir être en contact avec un si grand nombre de gens et parler plus qu'elle ne l'eût souhaité. Même les personnes qui veillaient le cercueil auraient pu être celles de la veille; elle finit par se rendre compte qu'il en allait ainsi pour au moins l'une d'entre elles : le prêtre de la maison, le père Philip.

Elle demeura un instant dans l'entrée, se laissant gagner par un silence apaisant avant d'aller s'agenouiller pour prier. À peine avait-elle commencé à se recueillir que, de derrière la porte fermée de la chapelle lui parvinrent des éclats de voix qui perturbèrent sa concentration. Elle s'efforça de n'en pas tenir compte, mais, bien que le sens des mots fût difficile à saisir au travers de la porte, l'émotion dont ils étaient porteurs était patente. On devinait qu'il s'agissait d'un homme jeune et d'une femme — une fille peut-être —, parlant d'un ton désespéré, demandant avec insistance quelque chose à l'homme, qui répondait avec une passion égale.

Puis on entendit une troisième voix, celle d'un autre homme, et le ton monta, suffisamment pour que l'on ne pût douter de la nature de ses propos, empreints de colère et d'une jubilation amère :

— Je pensais vraiment que vous trouveriez le moyen de mieux vous cacher !

À quoi la fille répondit, d'un ton tout aussi coléreux :

— Comment avez-vous appris où nous étions ? Qui vous l'a dit ?

— Je ne suis pas aussi stupide que vous l'espériez. Dans une maison de cette taille et si pleine de gens, on ne trouve pas tellement d'endroits pour s'isoler. Dès que Jevan m'a prévenu que vous vous en étiez allés ensemble, il m'a été assez facile de deviner où vous dénicher.

— Jevan ! répéta la fille d'un ton douloureux.

Le jeune homme se mit à parler, mais il fut interrompu par la réponse méprisante de l'homme plus âgé :

— Tu es vraiment assez stupide pour le penser, mon garçon !

Cédant au désir d'élever la voix, le jeune homme répliqua :

— Pas suffisamment pour croire que vous pourrez éternellement nous empêcher de nous voir !

— Tu ferais mieux de changer d'avis, mon garçon, car j'en ai le pouvoir !

La fille s'écria, désespérée :

— Nous nous aimons !

Quand il passa tout près d'elle, alors qu'il se dirigeait vers la sortie, Frevisse put entendre le père Philip murmurer entre ses dents :

— Dieu du ciel !

Elle se dit que la jeune femme pourrait tirer avantage de sa présence et se prit à espérer que les deux hommes, pour cette raison, mettraient un frein à leur animosité, aussi se leva-t-elle pour le suivre.

Dans la petite antichambre de la chapelle, sir Clement Sharpe se dressait devant Guy, son neveu, et lady Anne, sa nièce, réfugiés dans un coin. Aucun des deux jeunes gens ne semblait intimidé ou honteux. Côte à côte, ils trouvaient la force de répondre à la violente colère qui s'abattait sur eux et la main de la jeune femme serrait le bras de Guy en un geste très possessif.

Elle portait maintenant une robe ambre foncé ainsi qu'une houppelande serrée haut à la taille et avait défait ses cheveux couleur de miel qui flottaient vaporeusement autour de sa tête et sur ses épaules. Dans l'obscurité de la pièce, elle semblait aussi délicate et adorable qu'un ange sculpté dont l'éclat aurait attisé la sinistre querelle qui opposait les deux mâles.

— L'amour n'a rien à voir avec le choix de ton mari, disait Sir Clement, sarcastique. Tu épouseras celui qu'on te choisira, et à ton plus grand profit. J'ai payé pour en avoir le droit et pour en retirer les bénéfices, tu ferais bien de t'en souvenir !

Avant que Guy ou lady Anne puissent répondre, le père Philip intervint :

— Vous feriez mieux, vous rappelant le lieu où vous êtes et ce qui vous y a conduits, de baisser de ton.

Il parlait à voix basse, comme on fait dans une église, sans colère, mais cela leur imposa silence et amena Sir Clement à se tourner vers lui, prêt, à l'évidence, à l'accabler de sa hargne. Alors, et Frevisse put deviner qu'il en éprouvait une sorte de plaisir croissant, il s'exclama :

— Doux souffle divin, Philip le bâtard ! Vous me semblez bien au-dessus de votre rang dans ce monde !

— Et vous déshonorez le vôtre, lui répondit le père Philip d'un ton égal. Cette maison est en deuil et, de l'autre côté de cette porte, s'en trouve la raison. Allez ailleurs disputer de vos querelles de famille. Ou, mieux, abstenez-vous jusqu'à ce que vous quittiez Ewelme.

Sir Clement décocha un regard vipérin à son neveu et à lady Anne.

— C'est à eux qu'il vous faut le dire, pas à moi ! répliqua-t-il. C'est leur désobéissance et non pas...

— Vous faites trop de bruit en la présence de Dieu et d'un défunt, s'interposa le père Philip.

— Comment osez-vous me parler, misérable petit drôle ! Je sais...

— Qu'il vous faut surveiller vos manières dans la maison du *comte* de Suffolk, je n'en doute pas, le coupa le père Philip, encore plus acerbe.

Sir Clement en resta coi. Profitant de ce bref avantage, le père Philip déclara, toujours avec calme :

— Puis-je vous suggérer, ainsi qu'à votre neveu et à votre pupille, d'aller maintenant souper sans plus faire d'éclat ?

Les coins de la bouche de sir Clement se soulevèrent dans un mouvement plus méprisant que rieur.

— Suggérez comme bon vous semble, quant à moi, j'agirai à ma guise.

Il inclina nerveusement la tête en direction du père Philip, en une salutation parodique, et sembla alors découvrir la présence de Frevisse, ce qui l'amena à la saluer avec plus de sincérité, puis il tendit une main autoritaire vers lady Anne. Elle haussa le menton et ses lèvres se serrèrent, mais elle s'écarta cependant de Guy, fit une révérence au père Philip et à Frevisse, et, repoussant la main de son oncle, quitta le vestibule. Sir Clement, ignorant délibérément son neveu, la suivit

Guy rougit en silence, s'inclina à son tour et leur emboîta le pas.

Une fois qu'ils furent partis, Frevisse dit :

— En dépit des apparences, il me semble fort que sir Clement n'était pas mécontent de lui.

— J'en suis persuadé.

Le père Philip fit volte-face. La veilleuse de la petite pièce était dans son dos. Le peu de lumière ne permettait pas de distinguer les cicatrices profondes que la vérole avait laissées sur son visage et cela lui rendit momentanément la beauté qui aurait été sienne si ces marques lui avaient été épargnées. Pour autant, ce beau visage ne montra aucune expression quand il fit remarquer :

— Les querelles ont toujours été le passe-temps favori de Sir Clement.

— Vous le connaissez donc ?

— C'est l'impression qu'il a donnée, n'est-ce pas ?

S'il y avait quelque nuance amusée dans la voix du prêtre, elle était difficile à saisir. Plus que tout, sa manière de s'en tenir à une stricte politesse ne laissant rien paraître de ses sentiments fit comprendre à Frevisse qu'il ne désirait pas s'étendre sur le litige qui l'opposait à sir Clement et espérait qu'il en irait de même pour elle.

Respectueuse de son souhait, Frevisse demanda :

— Qu'en est-il de son neveu et de la fille ? Ils semblent lui être une source de désagréments.

— Cela fait longtemps que je n'ai eu affaire à sir Clement ou à un membre quelconque de sa famille. Je n'ai aucune idée de la raison de leur querelle, hormis ce que vous pouvez deviner aussi bien que moi.

Cette fois, son ton était résolument moqueur.

— Il me semble, oui, répondit Frevisse. Même si, bien sûr, nous pouvons tous deux nous tromper, cela ne nous concernant en rien.

Elle lui tourna le dos et regagna la chapelle pour consacrer à la prière le peu de temps qui lui restait. Elle remarqua que le père Philip ne la suivait pas ; sa place près du cercueil demeura vide

CHAPITRE V

Le cardinal-évêque Beaufort mit de côté le dernier courrier et hocha la tête à l'adresse de son secrétaire.

— Qu'on vienne le prendre dans la matinée.

Celui-ci s'inclina et ramassa les missives. Une fois pliées et cachetées, il les remettrait à un messager, mais tout cela ne concernait plus Beaufort maintenant qu'il en avait pris connaissance et y avait apposé sa signature. En homme épris d'efficacité, il savait s'entourer de collaborateurs capables de s'occuper des détails de moindre importance.

Néanmoins, il lui restait beaucoup à faire.

Beaufort avait quitté une réunion du Grand Conseil pour se rendre directement chez les Chaucer. Comme à l'ordinaire, rien d'important n'y avait été décidé, car trop de factions s'y disputaient le pouvoir. Alors même que la plupart des chefs de ces dernières étaient inaptes à s'occuper de leurs propres affaires, chacun s'était persuadé, et en avait convaincu ses affidés, que sans lui le gouvernement du royaume sombrerait dans le chaos

De sorte que Beaufort avait soin de les manipuler avec suffisamment de tact pour les empêcher de se rendre compte que c'était lui — et de loin — qui décidait de la politique du royaume. Capable d'un jugement plus profond et d'une vision des choses moins étroite que la majorité de ceux qu'il côtoyait, tant en ce qui concernait leurs besoins que leurs faiblesses, il parvenait le plus souvent à ses fins.

Il était doué — il en avait pleine conscience et le reconnaissait volontiers — d'un instinct du pouvoir qui l'avait propulsé presque au faîte de ses légitimes ambitions. Cependant, le talent de prévoir le comportement d'autrui et les efforts déployés pour imposer sa volonté pouvaient s'avérer éprouvants.

Les yeux clos, Beaufort se frotta le front de sa grande main lourdement baguée. En cet instant, il désirait par-dessus tout disposer de temps pour porter le deuil, or il en était privé. Il s'était chargé de la délicate responsabilité de superviser les préparatifs des funérailles, car il se rendait compte — fallait-il qu'il soit le seul ? — que Matilda parvenait tout juste à ne pas sombrer. Beaufort lui en savait gré. C'était une femme fière de sa position, à la langue bien pendue, qui avait fortement désiré les honneurs que son époux avait dédaignés. Non sans un certain amusement, Thomas avait fait part à Beaufort de ses raisons de ne pas briguer une rang supérieur à celui d'écuyer[1], et si ce dernier les avait acceptées il ne les avait jamais comprises. Matilda ne les avait ni comprises ni acceptées.

Bien que le mariage de leur fille avec un comte et la perspective d'avoir de petits-enfants issus de la noblesse l'eussent quelque peu apaisée, elle n'avait jamais laissé oublier à Thomas la position à laquelle il aurait pu prétendre, et elle par la même occasion.

Aussi, l'effort qu'elle s'imposait pour affronter le fardeau que représentait l'organisation des funérailles, tout en gardant le silence sur sa propre douleur, mon-

1. Titre des simples gentilshommes et des anoblis. *(N.d.T.)*

trait, aux yeux de Beaufort, plus de noblesse et de courage qu'il n'en aurait attendu d'elle, et il n'avait pas hésité à la décharger dans la mesure du possible de cette tâche.

Mais c'était indéniablement lourd à porter car, Chaucer disparu, Beaufort se sentait bien plus seul qu'il ne l'avait été depuis son enfance, quand sa mère, femme d'une immense gentillesse, d'un amour infini et d'une beauté remarquable lui avait expliqué avec ménagement ce que la vie lui réservait — il n'existait nulle part en Angleterre quelqu'un comme lui, hormis ses deux frères et sa sœur, enfants bâtards du duc de Lancastre, membre de la famille royale et quatrième fils du roi Édouard III. Si son père avait épousé sa mère avant leur naissance — mais cela lui était interdit —, ils auraient eu accès aux plus hautes fonctions du royaume. En définitive, il leur était impossible de rien revendiquer, sauf à compter sur les bonnes grâces d'un tiers, ce qui n'était pas acquis.

Pourtant, grâce à l'amour de leur père pour leur mère, ils avaient obtenu gain de cause. Places dans la maison royale de leur père pour les deux frères, mariage de la sœur avec un comte, et, pour lui-même, ce qu'il désirait au plus haut point — suivre des études et accéder à la prêtrise. Après Oxford, il était devenu membre de l'Église, obtenant la jouissance d'un évêché alors qu'il avait à peine plus de vingt ans, et ce nonobstant son état de bâtard.

Enfin, alors que personne ne s'y attendait plus depuis longtemps, et à la grande surprise de tous — à commencer par leurs enfants —, Jean, duc de Lancastre, avait épousé la mère de ses bâtards, avant que le roi Richard II ne les reconnaisse sans difficulté aucune.

Las, Jean de Lancastre n'avait pas tardé à décéder et

son héritier, Henri de Hereford, fils aîné légitime et demi-frère de Beaufort, avait représenté pour celui-ci un problème qui aurait pu ruiner sa carrière. Henri de Hereford, homme d'une arrogance rare, s'était toujours querellé avec son cousin, le roi Richard, tant pour des raisons insignifiantes que d'importance. Non pas que l'un ou l'autre fût véritablement dans son tort, mais ils étaient de deux caractères diamétralement opposés et leur inimitié s'était muée en une lutte pour le trône.

Beaufort avait été lié au roi Richard par tempérament et par gratitude, à cause aussi du serment qu'il avait fait de le servir et de lui être fidèle. Cependant, il ne pouvait oublier les liens du sang qu'il avait avec son demi-frère. En outre — il l'admettait dans l'intimité — il partageait avec Henri les mêmes rêves de grandeur.

Il était allé trouver Thomas, le seul homme auquel il pouvait confier ses pensées, sinon les abîmes de son cœur. Ce dernier, fort heureusement peu concerné par ce dilemme, lui avait témoigné une vraie sympathie : « Si tu étais un prélat moins ambitieux, tu pourrais te retirer dans ton palais épiscopal, et attendre de voir comment les choses vont évoluer. Mais tu es trop impliqué et, maintenant, il te faut trancher ou abandonner tout espoir de recevoir le soutien de l'un ou de l'autre, quel que soit le vainqueur. »

Et Beaufort, comme presque toujours, avait senti dans quel sens allait tourner le vent, assez tôt pour apporter son soutien à son demi-frère sans, apparemment, l'ombre d'une hésitation. À ce jeu-là, il avait été gagnant ; son demi-frère avait accédé au trône, sous le nom d'Henri IV. Thomas avait été le seul à savoir ce qu'il lui en avait coûté de choisir.

Pourtant, même lui n'avait pas mesuré le chagrin de

Beaufort quand le roi Richard était mort, après que tout eut été consommé. Ce qui n'avait cependant pas affecté la qualité de son service auprès de la nouvelle maison régnante, les Lancastre. Il avait mis tous ses talents à servir son demi-frère, ainsi que son fils, couronné par la suite sous le nom d'Henri V, tout comme son petit-fils, l'actuel roi Henri VI, petit-neveu de Beaufort, poursuivant une spirale toujours plus haute vers la gloire et le pouvoir.

Cela, certes, n'avait pas été sans mal. Il avait connu des échecs, s'était fait des ennemis, avait eu son compte de frustrations. Tout ce temps, que les choses allassent bien ou mal, Thomas avait été présent, plus proche de lui par l'esprit et les compétences que n'importe qui d'autre, seule personne, depuis la mort de sa mère, devant laquelle il osait montrer ses peines, se plaindre, et qui lui répondait par des marques de sympathie, ou de mauvaise humeur parfois, quand ce n'étaient pas des reproches. Cependant, il avait toujours su se montrer compréhensif.

Bien calé dans son fauteuil, une main sur les yeux, les doigts pressant ses paupières douloureuses, Beaufort était conscient de l'agitation mesurée de son personnel dans son dos. Quelqu'un ne tarderait pas à venir le trouver pour lui demander son avis à propos de quelque affaire, aussi valait-il mieux qu'il se reprît afin d'agir. Il faudrait aussi participer au souper. Ce soir-là, la famille souperait de nouveau dans le parloir et il devrait se montrer aimable mais ferme, à la hauteur de son rang en toutes circonstances.

Le lendemain auraient lieu les funérailles, puis ce serait le banquet où, là plus encore, il lui incomberait d'être le principal soutien de la famille et de faire honneur à la Couronne et à l'Église, dont il était le représentant. Il se mit à prier, demandant pour Matilda et lui-même la force d'endurer cette épreuve.

Silencieusement, quelqu'un était venu se placer devant lui, attendant qu'il le remarque. Beaufort inspira profondément, s'obligeant à revenir au présent, puis il laissa retomber sa main et ouvrit les yeux.

Il fut soulagé de voir qu'il s'agissait du père Philip : il n'était pas enclin à s'entretenir de futilités et parlait sans tourner autour du pot et avec bon sens.

— Oui ? s'enquit Beaufort.

Le père Philip s'inclina bien bas.

— Je regrette d'avoir à déranger Votre Grâce, mais j'ai estimé que vous aimeriez être informé de la présence de sir Clement Sharpe.

— Est-il dans son humeur habituelle ?

— Cela y ressemble fort.

— Vous lui avez donc parlé.

— Ayant été offensé, je lui ai tendu l'autre joue, qu'il en profite aussi bien, voilà qui serait une description plus exacte de notre entretien.

La bouche de Beaufort se plissa, preuve qu'il appréciait cette réponse.

— J'imagine. Je ferai mon possible pour limiter ses... débordements. Dites-moi, père Philip...

Le prêtre, qui s'inclinait, prêt à se retirer, suspendit son geste.

— Monseigneur ?

— Nous n'avons guère eu le temps de nous voir ces jours-ci, et il en sera sans doute de même par la suite, aussi profiterai-je de l'occasion : quelles sont vos intentions, maintenant que maître Chaucer est décédé ?

Deux ans auparavant, Thomas, à la mort du prêtre attaché à sa maison, avait demandé à Beaufort de lui recommander quelqu'un. Tant à cause de son intelligence déliée que du chemin qu'il avait parcouru en dépit d'une origine très modeste, Beaufort lui avait conseillé le père Philip, qui n'occupait alors qu'une fonction subalterne dans sa propre maison.

Quand on devenait le prêtre d'une riche maison, on pouvait conserver cette charge toute sa vie durant. Thomas avait apprécié l'homme et, d'après ce que Beaufort en savait, il en était allé de même pour le reste de la maisonnée, à tel point que le père Philip pouvait maintenant envisager de devenir le prêtre du comte de Suffolk. Du moins l'un des nombreux qu'il employait, car la maison d'un comte exigeait un soutien spirituel ou une représentation ecclésiastique excédant les forces d'un seul prêtre.

Le père Philip pencha la tête comme si la question lui semblait embarrassante et inattendue.

— Votre volonté sera la mienne, bien évidemment.

— N'avez-vous pas de préférence ?

— Hormis celle de faire confiance à votre jugement en ce qui concerne la maison où je puis me montrer le plus utile.

Réponse irréprochable, bien dans la manière du père Philip, qu'on ne pouvait apparemment prendre en défaut. Mais cela ne laissait rien deviner des véritables intentions de l'homme. D'un hochement de tête accompagné d'un petit geste, Beaufort le congédia. Le père Philip s'inclina et se retira, contournant l'évêque pour gagner la porte dans son dos.

Beaufort inspira profondément, le temps de remâcher ses pensées, puis il se redressa, secoua la tête, grommela, vaguement insatisfait, avant d'essayer de se concentrer sur ses obligations de la soirée.

CHAPITRE VI

Pendant presque tout le mois, on avait connu une fraîcheur humide et un temps couvert, et voilà qu'au matin des funérailles il faisait un froid vif et le ciel était d'un bleu qui vous serrait le cœur.

Vers le milieu de la matinée, la procession se formerait dans l'avant-cour, devant les douves. Enveloppé de son drap mortuaire, le cercueil de Chaucer serait transporté sur un char noir tiré par des chevaux noirs jusqu'à l'église paroissiale où l'évêque Beaufort procéderait aux rites funéraires, avant l'inhumation. Et puis, les vivants s'en retourneraient banqueter au manoir, tandis que le mort demeurerait en terre, son âme ayant déjà gagné le ciel, son corps attendant de ressusciter.

Avec ce froid cinglant et inattendu, la route serait certainement gelée, songea Frevisse en ouvrant à demi un volet du parloir pour découvrir la lumière. Car, ce jour-là, tout Ewelme s'était enfermé derrière ses volets pour créer une obscurité propice au deuil, et la chambre et le parloir de sa tante demeureraient ainsi pendant un mois au moins. Mais, à cette heure, Frevisse et sœur Perpetua disposaient du parloir pour elles seules.

Assise sur un tabouret, en face de sœur Perpetua,

Frevisse essayait de profiter du froid rayon de soleil qu'elle avait laissé entrer. S'agenouillant sur des coussins pris à la banquette de la fenêtre, elle commença à réciter prime. Comme on était dimanche, les prières étaient composées à partir des motifs de chaque jour, mais l'essence en demeurait invariable.

— *Domine Deus omnipotens, qui ad principium huius diei nos pervenire fecisti : tua nos hodie salva virtute ; ut in hac die ad nullum declinemus peccatum, sed semper ad tuam justitiam faciendam nostra procedant eloquia, dirigantur cogitationes et opera.* (Dieu tout-puissant, qui nous a guidés jusqu'à l'aube de cette journée : donne-nous la force de ne pas succomber au péché et de toujours demeurer sur le chemin de ta justice ; fasse que nos paroles, nos pensées et nos actes respectent ta volonté.)

Par Dieu. Pour Dieu. En Dieu.

Mais Chaucer, qui avait été plus proche d'elle par l'esprit que n'importe qui d'autre dans sa vie, et aussi cher à son cœur que ses propres parents, n'était plus. Telle était la volonté de Dieu : elle ne le verrait plus, ne l'entendrait plus, ne rirait ou ne parlerait plus avec lui dans cette vie qui, pour elle, pouvait se prolonger pendant de nombreuses années.

Elle se remit à pleurer. Sur ses mains jointes, les larmes qui tombaient étaient tièdes au contact de la peau froide.

Réciter prime lui fut une manière de réconfort et d'espoir devant la journée à venir. Quand elle eut terminé, elle avait cessé de pleurer et elle pressa ses yeux secs de la paume de ses mains avant de relever la tête et de sourire à sœur Perpetua, non pas pour s'excuser — pleurer n'était en rien honteux —, mais pour lui montrer qu'elle était prête à affronter cette journée. *Quelle misère ce serait*, songea-t-elle, avec ce sens de l'ironie qu'elle avait partagé avec Chaucer, *de tant me soucier de la fragilité de tante Matilda et de ne même pas être capable de me tenir debout !* Pleurer offrait un garde-fou contre ce risque. Les larmes soulageaient son chagrin et lui donnaient la force d'affronter le présent avec une plus grande fermeté.

— Mère Frevisse ?

Elle se retourna pour savoir qui lui parlait depuis l'entrée du parloir et se leva aussitôt.

— Robert !

Elle tendit la main, l'invitant à entrer. Les changements qu'elle avait à peine remarqués, la veille, dans la physionomie de Robert Fenner, étaient encore plus marqués maintenant qu'elle le voyait bien en face. Il avait gagné quelques pouces supplémentaires depuis leur dernière rencontre et, au frêle adolescent avait succédé un homme jeune au corps achevé et solide. Sinon, il était égal à lui-même. Il affichait toujours un sourire aussi engageant et il vint s'incliner devant elle avec autant d'élégance que dans son souvenir.

— J'espérais vous parler avant que vous nous quittiez, dit-elle. Comment cela se passe-t-il avec sir Walter ? Qu'en est-il de vous ?

— Il n'est pas pire qu'à l'ordinaire, répondit Robert avec un sourire.

À cause d'un lien familial qui le plaçait sous la dépendance de sir Walter Fenner, Robert était à son service plus par obligation que par choix.

— Si l'on met de côté son idée de me marier, je m'en arrange assez bien.

C'était dit d'un ton détaché, mais qui manquait cependant de légèreté.

— Vous marier ? s'étonna Frevisse. Vous êtes majeur et n'avez jamais été son pupille, comment donc pourrait-il vous forcer au mariage ?

— Il a une cousine qui ne manque pas de terres, une veuve qui s'est entichée de moi et, si j'ai quelque espoir de ne pas passer ma vie à nettoyer les porcheries d'autrui, ce que sir Walter me contraindra à faire si je me refuse, il me faudra épouser cette Blanche-aux-fortes-hanches quand il lui siéra.

— Oh, Robert !

— Mais bon...

Robert leva la main pour signifier qu'il ne voulait pas de sa pitié.

— La vie ne se montre guère aimable pour lui non plus. Lord Fenner a survécu à la maladie censée lui être fatale... au moment même où sir Walter commençait à sentir le titre à portée de main... et, pour l'heure, on le croirait prêt à vivre encore une vingtaine d'années.

Robert s'efforça de ne pas éclater de rire, comme à son habitude, et se contenta d'un large sourire.

Tout à fait capable d'imaginer la réaction de l'impatient et ambitieux sir Walter devant ce coup du sort, Frevisse ne put s'empêcher de sourire quand elle lui répondit.

— Dans ce cas, épouser votre promise n'est peut-être pas la pire chose qui puisse arriver à un homme ambitieux ? suggéra-t-elle.

— Elle a un rire de bécasse et autant d'esprit.

Il se retourna brusquement et lança :

— Pardonnez mes mauvaises manières, je vous prie ! Avez-vous déjà rencontré Jevan Dey ? Il est arrivé hier avec son oncle.

Frevisse n'avait pas remarqué le jeune homme qui attendait sans mot dire dans l'entrée, derrière Robert. Il avança dans la pièce et la salua, ainsi que sœur Perpetua. La brusquerie de ses gestes correspondait à son physique dégingandé, mais il montrait une grâce fragile qui aurait été charmante s'il avait bien voulu sourire. Malheureusement, son visage allongé semblait n'avoir jamais rien aperçu d'amusant autour de lui. La pâleur de sa peau et ses yeux et ses cheveux marron foncé rappelèrent vaguement quelqu'un à Frevisse.

— Jevan Dey. Sir Clement Sharpe serait-il votre oncle ? demanda-t-elle.

— On a souvent mentionné notre ressemblance, fit-il d'un ton sec.

— Et il n'apprécie guère qu'on l'évoque, précisa Robert avec la pointe d'humour qui manquait à Jevan.

— Sir Clement est une espèce de...

Il décida de ne pas utiliser le mot auquel il pensait et changea de sujet :

— Nous avons eu l'occasion de nous connaître quand nos seigneurs se voyaient pour parler chacun en mal des fréquentations de l'autre. Maintenant, quand nous sommes entre nous, c'est eux que nous accablons de nos sarcasmes.

— Ce n'est ni sage ni charitable, car ils sont *tout de même* vos maîtres, fit remarquer sœur Perpetua d'une voix douce.

— Mon oncle n'est ni sage ni charitable et n'a jamais de scrupules à dire ce qu'il pense de moi, dit Jevan. Quel que soit l'auditeur.

— Plus particulièrement en ta présence, ajouta Robert.

— Je n'ai rencontré sir Clement que deux fois, brièvement, dit Frevisse, et je veux bien croire qu'il trouve un malin plaisir à affûter ses griffes aux dépens d'autrui. Robert, mes devoirs m'appellent, mais, si nous pouvons parler, ultérieurement...

— À votre gré, ma mère.

Les deux jeunes gens s'inclinèrent et s'effacèrent devant Frevisse et sœur Perpetua.

Dans l'escalier, celle-ci lui dit :

— Sauf si vous avez besoin de moi, j'aimerais me rendre à la chapelle. J'ai à peine eu le temps de prier pour l'âme de maître Chaucer et son souvenir m'est doux.

— Faites, s'il vous plaît. Pour l'heure, il ne doit certes pas manquer de femmes autour de tante Matilda. Moi-même ne serai sans doute d'aucune utilité.

Sœur Perpetua lui tapota le bras :

— Vous savez bien que non. En ce jour, je prierai autant pour vous que pour votre oncle.

Encore une fois, Frevisse sentit les larmes lui brûler les yeux. Elle était reconnaissante du soutien qu'on lui apportait, car les vivants, autant que les morts, ont besoin que l'on prie pour eux.

— Soyez-en remerciée.

Elle s'étonna de ne pas rencontrer grand monde auprès de sa tante. Ne s'y trouvaient qu'Alice et Joan, plus trois servantes de la maison, ainsi que l'évêque Beaufort, assis d'un côté, le père Philip derrière lui, tenant à la main un livre de prières ouvert.

Comme les volets étaient fermés et que tout le monde était vêtu de noir, la pièce paraissait remplie d'ombres plus denses et présentes que celles, atténuées, dues à la lumière des lampes. Tante Matilda était fin prête. Il ne restait qu'à lui poser son bourrelet sur la tête et à lui mettre son voile noir. Joan, un peigne dans une main et des épingles dans l'autre, était apparemment en train de finir de fixer les cheveux gris de sa maîtresse, mais tante Matilda lui avait échappé et, debout au milieu de la pièce, elle lançait, d'une voix nerveuse et chagrinée :

— Comment, mais comment vais-je y arriver? Je m'en sens incapable, incapable !

Aussitôt, Frevisse referma la porte. Alice lui adressa un regard reconnaissant et s'approcha de sa mère pour lui tenir les mains, qu'elle tordait et entrecroisait en tous sens.

— Mère, dit-elle d'une voix adorable et charmeuse, tout ira bien. Je serai auprès de vous. Ainsi que le comte de Suffolk. Ne doutez pas de vous montrer à la hauteur. Pour l'amour de père.

— J'ai toujours agi pour son bien, gémit tante Matilda. Pourtant, il m'a quittée. Je ne supporte pas son absence !

— Vous y arriverez, lui dit Frevisse, rassurante. Bien sûr que oui.

— *Non !*

Maintenant, elle s'agrippait à Alice avec autant de fermeté que celle-ci en mettait à la soutenir, mais sans paraître s'en rendre compte. La panique commençait à la gagner et, si elle y cédait, elle deviendrait incontrôlable pour une durée que nul ne pouvait évaluer. Il n'était pas question de reprocher à une veuve de pleurer durant les funérailles de son époux et tante Matilda avait assurément besoin de soulager son chagrin — car elle n'avait que trop ravalé ses larmes —, mais, dans son intérêt autant que par égard pour toute l'assemblée, elle devait en éviter une démonstration excessive.

— Matilda, intervint l'évêque Beaufort, d'une voix chaude et grave, qui eût été audible du fond même d'une cathédrale, mais qui, dans cette pièce, n'exprimait que bienveillance et confiance, Dieu est avec vous, et nous de même.

Tante Matilda reprit son souffle, en dépit d'une nouvelle montée de larmes, hoqueta et le fixa du regard. Beaufort se leva d'un mouvement retenu et gracieux et vint vers elle. Il prit dans les siennes les mains qu'Alice tenait.

Une fois encore, Frevisse fut surprise par sa haute stature et par le sang-froid dont il faisait preuve. Elle se dit qu'il valait mieux éviter à tout prix de le fâcher même si, en cet instant, c'est avec autant de fermeté que de gentillesse qu'il s'adressait à Matilda :

— Il vous incombe d'assister à la cérémonie, de connaître cette dernière épreuve, pour Thomas. Il vous aimait, Maud. Il ne doutait pas que vous montreriez quelle grande dame vous êtes. En ce jour, nous savons que vous lui ferez honneur.

Tante Matilda déglutit, renifla et leva les yeux vers lui, reprenant visiblement courage. Le père Philip vint à son côté et lui parla d'une voix trop basse pour permettre à Frevisse d'entendre, mais tante Matilda se redressa et son visage retrouva sa dignité.

— Certes, dit-elle, et elle retira une main de celles de Beaufort pour s'appuyer sur le bras du prêtre.

Ainsi soutenue par tous deux, elle hocha la tête en direction de ses suivantes pour leur signifier d'achever leurs tâches.

Joan finit rapidement de fixer ses cheveux à l'aide d'épingles et les servantes apportèrent d'abord sa guimpe noire, puis le bourrelet et le voile. Une fois qu'elle fut apprêtée, au milieu des atours sombres du deuil on ne vit plus de son visage rond et blanc que les yeux, dont les contours rougis étaient la seule trace de couleur.

Alice s'avança pour lui baiser la joue et Frevisse était sur le point de prononcer quelques paroles réconfortantes pour lui assurer qu'elle faisait honneur à Thomas quand on frappa à la porte, ce qui ne laissa pas de surprendre.

Peut-être s'agissait-il du maître de cérémonie venu annoncer que tout était prêt dans la cour, songea Frevisse, même s'il était encore trop tôt.

Une des servantes alla ouvrir et Frevisse eut la surprise de découvrir Jevan Dey, le visage encore plus fermé que lorsqu'il était en compagnie de Robert. Il s'inclina avec raideur et annonça, sans entrer dans la pièce :

— Maîtresse Chaucer, pardonnez mon intrusion, mais sir Clement Sharpe demande la permission de s'entretenir avec vous, maintenant.

— S'entretenir ?...

Tante Matilda ne dissimula pas son incrédulité devant une telle requête.

— Maintenant ?

Plus forte encore que l'incrédulité de sa mère fut la colère d'Alice :

— Ne sait-il donc pas que l'heure est mal choisie ?

— Il voudrait vous parler avant que vous ne soyez prise par tous les tracas de cette journée, insista Jevan.

Frevisse douta que cette manière de s'exprimer fût sienne ; le sens de ces paroles semblait même lui laisser un goût amer dans la bouche.

— Afin de vous faire part de ses condoléances personnelles pour la perte que vous avez subie, poursuivit-il, et vous assurer qu'il ne cherchera pas à régler le différend qui vous oppose à propos des terres tant que vous porterez le deuil. Il aimerait aussi vous prier de défendre sa cause auprès du comte de Suffolk, s'agissant de toutes les affaires qu'ils auront à traiter, maintenant que maître Chaucer n'est plus.

Tout le monde se figea devant l'impertinence de ce discours, hormis tante Matilda. Saisie d'un nouvel accès de panique, elle s'agrippa au bras du père Philip et s'écria, à l'adresse de l'évêque Beaufort :

— Je ne le puis... pas ce matin... comment... comment peut-il me demander... comment ose-t-il croire que je...

— Renvoyez-le, exigea Alice, entourant sa mère de ses bras. Il n'est point temps de vous en préoccuper maintenant. C'est hors de question ! Suffolk se chargera de lui !

— Il n'est rien là dont vous devriez vous soucier sur-le-champ, approuva Frevisse avec colère.

Certes, elle ne s'adressait pas à Jevan, qui, à l'évidence, ne voulait pas être tenu pour partie prenante dans ce qu'on lui avait demandé de dire.

L'évêque Beaufort s'interposa entre Jevan et Matilda et déclara, d'un ton sans réplique :

— Vous avez fait votre devoir en nous transmettant la requête de votre maître. Allez, maintenant. Maîtresse Chaucer n'a pas de temps à consacrer à cette affaire ce matin, comme votre maître ne l'ignore point. Dites-lui, de ma part...

Beaufort s'interrompit. Son expression devint aussi onctueuse que de l'huile sur de l'eau et, se détournant de Jevan, qui, tout pâle, continuait à le regarder, il s'adressa au père Philip.

C'est d'un ton presque aimable qu'il lui demanda :

— Père Philip, je vous prierai de raccompagner ce jeune homme et de transmettre à sir Clement le message suivant, en mon nom : « Vous êtes un rustre et s'il vous est, pour le moins, impossible de feindre quelque sentiment de dignité dans une maison en deuil, vous êtes plus que cordialement invité, par toute l'assemblée ici présente, à nous quitter au plus tôt. »

Le visage ordinairement impassible du père Philip trahit une succession rapide de sentiments. L'envie de refuser venait sans doute en premier, mais, si tel était le cas, il la dissimula aussitôt qu'éprouvée. Puis Frevisse crut déceler une nuance d'humour à froid devant l'aspect déplaisant de sa mission, sans pour autant parvenir à en acquérir la certitude avant que son visage n'emprunte un masque aussi impénétrable que celui de l'évêque. Se voulant rassurant, il se pencha encore plus vers Matilda qui s'agrippait toujours désespérément à son bras.

— Madame, cela ne me prendra que quelques instants. Je serai de retour avant que vous ayez besoin de sortir. Mais, en cette affaire, je ne saurais désobéir à notre évêque.

Reniflant maladroitement, Matilda se reprit, approuva du chef et le laissa partir. Une fois que lui et Jevan furent sortis, et que la servante eut refermé la porte de la pièce, tante Matilda les considéra tour à tour et déclara, retrouvant un bonne part de sa dignité et de son sens pratique pour ce qui concernait sa maison :

— Ma foi, je ne vois aucune raison de ne pas nous asseoir quand nous en avons le loisir. Aujourd'hui, avant d'en terminer, je suis bien certaine qu'il nous faudra rester debout plus que nous le souhaiterions. Fait-il si froid dehors ? Qu'importe. Contrairement à nous, le cher Thomas ne se souciait jamais du froid.

Alice éclata en sanglots.

Et Frevisse ne put s'empêcher de penser que personne parmi eux n'aurait pu mieux réagir, car tante Matilda oublia son chagrin pour tenter de la réconforter.

CHAPITRE VII

— *Subvenita, sancti Dei, occurite, Angeli Domini. Suscipientes animam ejus : Offerentes eam in conspectu Altissimi.* (Accourez à son aide, Saints de Dieu ; hâtez-vous vers lui, Anges du Seigneur. Accueillez son âme : Offrez-la à la vue du Très-Haut.)

La voix sombre et éloquente de l'officiant résonnait pendant la messe des morts. Au travers des vitraux brillants, la lumière du soleil rehaussait l'éclat des luxueux vêtements sacerdotaux des prêtres et du cardinal évêque Beaufort, jetant des scintillements de pierreries sur la foule endeuillée des amis et des proches réunie dans la nef. Tandis qu'un nuage d'encens toujours plus épais s'élevait, l'église se réchauffait grâce à la présence de cette nombreuse assemblée, chaleur bienvenue après la lente procession dans le froid, derrière le cercueil, depuis le manoir.

— *In quo nobis spes beatae resurrectionis effulsit...* (En qui resplendit pour nous l'espoir d'une résurrection consacrée...)

Privée de forces, Frevisse se laissa porter par la prière. La messe, élégante et complexe, la soulageait de son chagrin en laissant entrevoir le don divin d'une mort qui n'était pas une fin absolue. En cet instant, même les larmes semblaient de trop.

— *Vere dignum et justum est, aequum et salutare, nos tibi semper et ubique gratias agere...* (En vérité, il nous convient de trouver juste, raisonnable et bon, de te rendre grâce chaque jour et en tous lieux...)

Pourtant, d'une certaine façon, cette solennité ne semblait en rien concerner Thomas Chaucer tel qu'elle l'avait connu : l'homme qui avait toujours aiguillonné ses pensées, l'homme rieur, taquin parfois, souvent gentil.

Pour l'heure, en son essence, la messe des morts n'avait rien à voir avec cette part de Chaucer qui avait constitué son enveloppe mortelle mais plutôt avec celle qui vivrait pour l'éternité, maintenant purifiée des affaires et des émotions qui sont le lot de ce bas monde. La part qu'elle ignorait et qu'elle n'avait pas encore appris à aimer plutôt que celle qui l'avait quittée à jamais.

Le pasteur d'Ewelme débuta son sermon par la formule habituelle :

— Que ce cercueil qui renferme sa dépouille mortelle vous renvoie à votre image, car, à n'en pas douter, votre tour viendra...

Tandis que l'office se poursuivait, Frevisse se concentra sur des prières plus personnelles.

— *Et ideo cum Angelis et Archangelis, cum Thronis et Dominationibus, cumque omni militia caelistis exercitus, hymnum gloria tuae canimus, sine fine dicentes : Sanctus, Sanctus, Sanctus...* (Allons, en compagnie des anges et des archanges, parmi les trônes et les royaumes, avec la foule des armées du ciel, chanter des hymnes à ta gloire, et toujours réaffirmer : Saint, Saint, Saint...)

Autour de l'autel, les prêtres et les diacres s'affairaient conformément au rite et l'évêque Beaufort, le premier d'entre eux, se montrait aussi parfait dans ses gestes que dans sa manière de se déplacer, comme s'il accomplissait une tâche infiniment précieuse. Et c'était bien cela. Pourtant, il parvenait à exprimer aux yeux de tous ce qui était au plus profond de lui-même — spectacle rare et beau à contempler et à écouter.

Chaucer aurait apprécié, songea Frevisse. Il goûtait la beauté, qu'il s'agisse de celle d'un gobelet en verre vénitien délicatement décoré de volutes, importé par bateau avec beaucoup de soins et à grand prix ou des nuances subtiles d'un coucher de soleil sur les collines autour de son manoir.

Trouverait-il de telles choses à aimer au ciel ?

À moins que le ciel ne fût qu'amour, et que les âmes n'eussent pas le besoin ou le désir de se distinguer ? Comment était-ce qu'être un pur esprit ? Et les anges, qui n'avaient pas de gorge, comment pouvaient-ils chanter indéfiniment *sanctus, sanctus, sanctus* ? Et les saints les entendre, eux qui n'avaient pas d'oreilles ?

— *Circumdabo altare tuum, Domine... enarrem universa mirabilia tua.* (Je viendrai autour de ton autel, Seigneur... décrire toutes tes merveilles.)

Le corps de Chaucer, béni et encensé, rejoignit enfin sa tombe. Les dernières prières furent dites pour tous les morts, des temps passés et des temps futurs. Les prières semblaient aussi réelles qu'un bras réconfortant et Frevisse se laissa envelopper par les mots.

— *Requiem aeternam dona eis, Domine. Et lux perpetua luceat eis. Requiescant in pace. Amen.*(Donne-leur le repos éternel, Seigneur. Et que la lumière resplendisse sur eux à jamais. Qu'ils reposent en paix. Amen.)

Toute l'assemblée quitta lentement l'église et retrouva le jour clair et le vent frisquet. Le ciel, dégagé quand ils étaient entrés dans l'église, était maintenant strié de longs nuages effilochés et Frevisse sentait déjà l'odeur de la prochaine neige, ou de terribles gelées. Les villageois étaient groupés autour du porche, attendant qu'on distribue les aumônes funéraires et prêts à bénir la veuve et la comtesse Alice à leur passage. Frevisse, qui se trouvait derrière sa tante, demeura perplexe quand elle comprit qu'elle devait marcher aux côtés de Suffolk, chose fort improbable en toutes autres circonstances, mais au moins n'était-il pas besoin de converser, et ils s'en abstinrent. Elle n'avait pas bonne opinion de lui et n'en pensait d'ailleurs pas grand-chose, même si elle se souvenait que Chaucer, un jour, avait dit lors d'une de ses visites à Sainte-Frideswide, après les fiançailles : « Ils sont assortis pour ce qui est de la fortune et de l'affection, et s'il a du pouvoir, elle a du bon sens. Ils devraient assez bien s'entendre. »

Elle n'aurait pas été surprise que sir Clement Sharpe mît à profit le trajet entre l'église et le manoir pour approcher tante Matilda. Son sans-gêne et son manque d'éducation laissaient apparemment envisager un tel comportement grossier. Mais elle ne l'aperçut que de loin dans la foule alors qu'ils ralentissaient le pas au moment de traverser le pont menant à la cour extérieure. Guy, son neveu, marchait d'un côté et elle distingua fugacement la chevelure blonde de lady Anne de l'autre côté. *Qu'ils se gardent de se chamailler en ce jour*, souhaita Frevisse, *demain ils seront partis avec le reste des invités*.

Une fois à l'intérieur de la demeure, ils s'en remirent aux bons soins de maître Gallard. La tâche principale de l'huissier était ce jour-là de veiller à ce que chacun prît la place qui lui était assignée devant les immenses tables à tréteaux montées l'une en face de l'autre, en une double rangée couvrant toute la longueur de la grand-salle, depuis la table d'honneur dressée à son extrémité, sur une estrade, jusqu'aux couloirs ménagés entre des paravents, en contrebas. La veille, entre autres soucis, tante Matilda s'était préoccupée de savoir si la salle du banquet serait assez grande pour tout son monde, et pourtant, en raison du temps, les hôtes étaient moins nombreux que prévus. On ne manquait donc pas de place, mais il s'en était fallu de peu.

Le principal problème — et Frevisse se réjouit qu'il revînt à maître Gallard de le régler et en aucun cas à elle — concernait les préséances. La famille et les hôtes de très haut rang prendraient place à la table d'honneur. Les tables au pied de l'estrade seraient occupées par les convives d'un rang inférieur. Indiquer à chacun son siège, sans offenser personne, relevait d'un savoir-faire délicat et exigeait des trésors de diplomatie. Maître Gallard, homme tatillon et qui paraissait toujours surmené quand il était confronté à des tâches bien moins ardues, se montrait étonnamment à son affaire. Pour un événement d'une telle importance, il avait su réfréner son côté pointilleux et paraissait aussi diligent que compétent. Et, à n'en pas douter, il en fallait, de la célérité, pour diriger les serviteurs qui guidaient les hôtes tout autour des tables sans provoquer ni leur impatience ni leurs récriminations. L'huissier avait gardé en mémoire le visage de chacun et la place qui lui correspondait. Si les convives se présentaient au hasard, dès qu'ils arrivaient devant lui, à l'entrée de la grand-salle, il lui suffisait d'un geste et d'un mot pour faire comprendre aux serviteurs où les placer. C'est en un laps de temps remarquablement court que tous les invités se retrouvèrent installés et bientôt les domestiques purent apporter le premier plat d'un menu très raffiné.

En tant que membre de la famille, Frevisse était assise à la table d'honneur; mais, comme elle n'était pas du même sang que Chaucer, elle se trouvait tout au bout de celle-ci, bien loin des hauts dignitaires, regroupés en son centre, où l'évêque Beaufort, eu égard à son titre de prince de l'Église et de grand-oncle du roi, et à son cousinage avec le défunt, présidait, entre tante Matilda et Alice. Même le duc de Norfolk, qui était venu apporter les condoléances du roi, ne jouissait pas de la préséance sur Beaufort, et l'époux d'Alice, le comte de Suffolk, était à l'écart, plus loin que l'évêque de Lincoln.

La table d'honneur était à peu près de la largeur de la grand-salle et on y trouvait une foule d'autres personnages presque aussi impressionnants par le rang que ceux qui étaient assis en son centre. Mais Frevisse, qui avait eu trop chaud dans l'église, avant de se mettre à frissonner lors du trajet de retour vers le manoir, recommença à souffrir de la chaleur dans cette vaste salle surpeuplée et, plus que de lier conversation avec l'un d'eux, elle craignait d'être victime d'une migraine. Peu habituée aux maux de tête, elle se demandait si la douleur qu'elle ressentait n'allait pas croître et se transformer en un mal véritable ou si elle se calmerait au fur et à mesure qu'elle supporterait mieux la foule et le bruit — même lors d'un banquet funèbre, il fallait sans cesse hausser le ton pour se faire entendre dans la cacophonie ambiante. Cependant, comme elle était assise à l'extrémité de la table, il ne se trouvait personne à sa droite et l'abbé à sa gauche était bien trop pris par ce qui se disait au centre de la tablée pour lui prêter plus qu'une attention de circonstance. S'il n'avait pas partagé le même plat et son gobelet avec elle, il ne se serait sans doute pas rendu compte de sa présence.

C'est avec un certain amusement qu'elle se dit qu'elle était à la fois contrariée d'être ignorée et soulagée de ne pas avoir à alimenter une conversation qui se contentait de formules telles que « Oui, merci, j'en prendrai volontiers un peu ». Elle mangeait avec parcimonie, accordant toute son attention aux convives des tables en contrebas dans la grand-salle, autour desquelles s'agitait un essaim de domestiques. Elle reconnut sœur Perpetua, tout au bout de la salle, assise auprès d'une autre nonne et du père Philip, et d'un homme chauve, à moins que ce ne fût aussi un prêtre ; il était difficile de s'en assurer à cette distance.

Plus proche d'elle, elle distingua sir Clement Sharpe, flanqué de lady Anne et de son neveu, Guy. *En ce moment aussi il veille à les séparer*, songea Frevisse et elle se demanda quel profit il finirait par en retirer.

Jevan Dey se penchait par-dessus l'épaule de sir Clement pour verser du vin dans le gobelet qu'il partageait avec lady Anne. Quand on le voyait à côté de son oncle, leur ressemblance physique sautait aux yeux. Mais, alors que les traits de sir Clement étaient très mobiles, ouverts et attentifs, ceux de Jevan étaient figés, sans même offrir le semblant de vie qu'il avait manifesté quand il lui avait parlé, lors de sa rencontre avec Robert Fenner.

À cause du trop grand nombre d'invités, beaucoup se faisaient servir par leurs propres domestiques, ou, s'ils en avaient les moyens, par leurs écuyers. Sans quasiment aucune interruption, des plats étaient apportés de la cuisine, franchissant le passage formé par les paravents avant d'être déposés sur les tables disposées en fer à cheval. Plats et écuelles d'à peu près tout ce qui se mange, du blé mondé et bouilli avec des fruits, aux chapons fourrés aux huîtres, étaient présentés pour quatre personnes à la fois, sauf à la table d'honneur, où, en raison de leur rang, les convives n'étaient que deux à se servir dans le même plat. De sorte que son voisin l'abbé fut obligé de prêter attention à Frevisse. Il fit la preuve de ses bonnes manières en disposant certains morceaux dans son assiette à elle avant de se servir. Toujours préoccupée par la crainte d'avoir des maux de tête et se méfiant de la façon dont son estomac réagirait à des mets aussi riches, Frevisse ne mangeait que lorsqu'elle ne se sentait pas en droit de refuser — une aile de poulet, un peu de fruits secs bouillis dans du vin — et cela dura jusqu'à l'arrivée du fourré aux huîtres ; elle s'oublia et en ingurgita autant qu'elle put. Elle ne se souvenait plus de la dernière fois qu'elle en avait goûté.

Le service suivant comportait des tourtes de viande de bœuf aux groseilles avec un jus sombre épicé et parfumé d'écorce d'orange. Chaque tourte était entourée d'œufs durs et Frevisse, dont l'appétit s'était réveillé, en écala un et l'avala. Cela lui laissa la bouche sèche et elle but une grande gorgée de vin dans le gobelet qu'elle partageait avec l'abbé. Elle eut soin d'essuyer d'abord ses lèvres afin de ne pas lustrer le vin de graisse et elle essuya également le bord du gobelet, là où elle avait bu, quand elle eut fini. Comme elle le reposait, l'abbé le saisit et le vida d'un trait, sans se soucier de le nettoyer ; à croire que pour lui, la soif venait avant les bons usages. Frevisse détourna les yeux devant ce manquement au savoir-vivre et s'abstint de tout commentaire quand il déposa une part de tourte dans son assiette.

Tout en mangeant, elle parcourut la salle du regard. Elle surprit Robert Fenner en train de servir, à quelque distance en contrebas, face à elle, mais ne vit pas sir Walter. Sœur Perpetua s'entretenait avec le père Philip. Tous deux se penchaient l'un vers l'autre pour mieux s'entendre. Sir Clement retirait une poignée d'os de son assiette pour s'en débarrasser dans le plat aux restes posé devant lui, preuve qu'il avait ingurgité la plus grande partie du poulet qu'il aurait dû partager équitablement avec lady Anne, Guy et l'homme derrière lui. Ainsi donc, en plus d'être querelleur, il se montrait glouton. *À combien d'autres péchés cédait-il sans scrupule ?* se demanda Frevisse. Elle observa, amusée, la manière que lady Anne avait de converser avec lui en profitant du gobelet qu'ils partageaient, tandis que Guy ramenait de son côté la grande écuelle de crème que Jevan venait de déposer devant eux tous et s'en servait d'appréciables portions, sans oublier son voisin.

Puis quelqu'un s'avança directement vers elle, lui masquant la vue, mais il apportait un pichet de vin bienvenu. Frevisse leva les yeux avec gratitude — de nouveau, elle avait soif —, et c'est non sans plaisir qu'elle s'adressa au visage amical et familier :

— Robert ! Que faites-vous donc ?

— Je suis venu vous servir, ma mère, ou toute autre personne, pour autant que sir Walter m'en laisse le loisir. Il est par là-bas, guère loin, en grande discussion avec un archidiacre à propos du coût des messes pour les morts. Écoutez... non, vous ne pouvez le voir, il est caché par un gros juge qui plaide aux affaires civiles.

— Ce qui ne devrait pas nuire à notre digestion, glissa Frevisse.

— Certes, acquiesça Robert.

Il reposa le gobelet sur la table, presque empli à ras bord, et, toujours penché en avant, s'enquit, d'une voix trop basse pour être entendue par quelqu'un d'autre dans le vacarme général :

— Et que devient lady Thomasine ?

— Cela fait trois ans qu'on l'appelle sœur Thomasine, répondit gentiment Frevisse. Les choses vont au mieux pour elle. Elle est heureuse.

— Que Dieu la garde, dit Robert et il s'éloigna le long des tables pour remplir les gobelets d'autres convives.

— Il n'y manquera pas, dit Frevisse avec douceur.

Elle saisit le gobelet avant que l'abbé ne s'en empare et en but suffisamment longtemps pour épancher sa soif et l'obliger par ailleurs à attendre qu'un autre serviteur vînt satisfaire la sienne. Il était certaines façons de se montrer grossier bien plus élégantes que celles qu'il affichait.

Toutefois, ses pensées demeuraient avec Robert. Trois ans s'étaient écoulés maintenant, et il n'avait pas oublié une femme aimée trois jours à peine, sans aucun réel espoir à l'époque, et qu'il n'avait jamais revue. S'agissait-il d'un amour vrai ? Ou n'était-ce que le désir d'aimer, qui se contente du moindre et finit par livrer son cœur au monde, car le confronter au Grand Mystère, origine et création de l'Amour dans sa réalité première, demandait un courage dont peu auraient accepté de faire preuve dans leur existence.

Frevisse, qui avait fait son choix avant d'atteindre l'âge de Robert, n'était pas du tout sûre de pouvoir répondre à ses propres interrogations, et d'autant moins à celles de quiconque.

Elle prit conscience d'un tapage du côté de la grand-salle ; des têtes se tournaient, cherchant d'où provenaient les éclats de voix et quelques domestiques s'éloignaient de cette partie de la table.

— Allons bon, qu'est-ce encore ? demanda l'abbé d'un ton dégoûté.

— Sir Clement Sharpe, lui répondit Frevisse, comprenant d'où provenait le trouble.

— Ah, oui, bien évidemment, confirma l'abbé, pas le moins du monde surpris.

Il s'empara du nouveau plat qu'on venait de déposer devant eux : tranches de viande hachée en forme de poires, entourées d'une guirlande de jaune d'œuf avec une tache de jus de cerise pour mieux faire illusion et un morceau d'amande en guise de queue. Frevisse se désintéressa de ce mets pour observer sir Clement. Debout, il s'adressait en hurlant à l'homme placé de l'autre côté de lady Anne, lequel lui répondait sur le même ton et dans la même position. Il y avait trop de bruit pour qu'elle puisse comprendre quoi que ce soit, mais lady Anne était recroquevillée entre eux et leurs proches voisins de table se pressaient à distance sur les bancs. Guy seul était demeuré sur place et, se levant derrière sir Clement, il posa une main sur son épaule.

Dans toute la grand-salle, chacun maintenant était au fait de l'incident. Les conversations n'étaient déjà plus qu'un murmure au moment où Guy saisit l'épaule de son oncle; ce dernier fit volte-face et ôta violemment la main de son neveu :

— Bas les pattes, jeune meurtrier, méchant drôle!

Alors surgit le père Philip, qui, après avoir fait signe à Guy de s'écarter, s'interposa entre sir Clement et l'autre convive. Conscient de tous ceux qui cherchaient à saisir le sens de ses propos, il parla sans hausser le ton, d'abord à sir Clement, puis à l'autre homme. Guy s'était rassis sur le banc; Frevisse surprit les regards qu'il échangea avec lady Anne et vit Guy secouer la tête, tout cela hors de vue de sir Clement qui continuait à argumenter avec le père Philip.

Mais peut-être venaient-ils à peine de commencer, car, lorsque sir Clement se pencha tout contre le visage du prêtre, haussant le ton, le père Philip eut un geste bref et autoritaire en direction de la table d'honneur, rappel énergique de l'endroit où ils se trouvaient et sous les yeux de quels personnages.

Frevisse doutait que sir Clement en eût besoin. Une fois encore, il donnait l'impression d'un homme tout à fait conscient de ses agissements et qui en tirait du plaisir. D'ailleurs, le geste du père Philip lui fournit un prétexte pour se redresser, pivoter sur lui-même et exécuter, en manière d'excuse, une révérence très appuyée devant tous les hôtes de la table d'honneur, suivie d'une autre pour la veuve et l'évêque Beaufort. Puis il saisit le gobelet posé entre lady Anne et sa personne, le tint bien haut et déclara, d'une voix qui portait dans toute la salle :

— Je vous le dis, si j'ai tort en cette affaire, que Dieu me punisse sur-le-champ !

Aussi théâtralement qu'il s'était incliné vers la table d'honneur, il vida d'un trait son gobelet, le reposa d'un geste violent sur la nappe, défia chacun du regard et se rassit brusquement, le dos droit, tout fier et réjoui que chacun eût l'œil sur lui.

— Il est coutumier du fait, dit l'abbé pour la seule oreille de Frevisse.

Un murmure confus emplit peu à peu la salle, les gens se penchant les uns vers les autres pour s'expliquer en quelques mots la nature de l'incident, puis les voix s'élevèrent de nouveau et les conversations se poursuivirent normalement.

Pourtant, Frevisse, encore profondément choquée par les paroles de sir Clement, se tourna vers l'abbé.

— Qu'avez-vous dit à l'instant ?

Tout en découpant sa fausse poire, l'abbé lui répondit :

— Il agit toujours de la sorte. Il se met à jurer qu'il est dans son bon droit et que Dieu peut le foudroyer dans l'heure si tel n'est pas le cas. Dieu, quelque jour, pourrait se montrer son obligé et il en sera assez surpris.

Un domestique déposa devant eux un plat de pois à la menthe. Fidèle à lui-même, l'abbé se désintéressa d'elle.

Robert revint leur apporter du vin.

— N'en soyez pas aussi horrifiée, mère Frevisse. Presque tous ceux qui ont passé ne serait-ce qu'une demi-journée en compagnie de sir Clement l'ont entendu proférer de telles paroles.

— Mais c'est blasphémer que de braver Dieu de la sorte ! Et quelle désinvolture !...

— Ce serait dangereux s'il avait tort, or sir Clement ne s'estime jamais dans son tort.

— Et cette pauvrette, otage d'une telle situation ? Quand sera-t-elle en âge de se libérer de lui ?

— Lady Anne est aussi fragile qu'un porc-épic, expliqua Robert sans malice aucune. Ces yeux doux et ces accortes manières dissimulent une cuirasse d'épines. Quel que soit son époux, il n'aura pas la partie aussi belle qu'il lui plaît de l'imaginer.

Ce disant, il s'éloignait et il n'était déjà plus assez près pour laisser à Frevisse le temps de lui demander qui, hormis Guy, désirait épouser la dame. Chose guère difficile à deviner. Les accès de colère surpris à l'extérieur de la chapelle avaient révélé les relations entre celle-ci et Guy et, à voir l'état de fureur dans lequel il se trouvait, on ne se serait pas étonné que sir Clement fût tout aussi désireux de l'épouser. Certes, il avait la haute main sur l'affaire, car, tant qu'elle était sa pupille, il pouvait décider de son mariage. Légalement, il lui était impossible de l'obliger à se marier contre son gré, mais la loi prévoyait aussi de la sanctionner sévèrement si elle se refusait à une union considérée comme raisonnable. Enfin, il existait des moyens plus subtils que la loi pour faire de sa vie un enfer et l'amener à soumission, s'il décidait d'en venir là.

Frevisse avala une longue gorgée de vin. Sa tête la serrait, comme prise dans un étau, signe annonciateur d'un fort mal de crâne, et le banquet ne s'achèverait pas avant une heure, pour le moins. Elle considéra sa fausse poire et le plat de pois sans aucun appétit ; à Sainte-Frideswide, elle était accoutumée à des nourritures bien plus modestes. Ici, elle avait déjà avalé plus de viande qu'elle n'en aurait mangé en une semaine. Il était hors de doute que son estomac ne resterait pas insensible aux agressions alimentaires qu'elle venait de lui faire subir.

Soudain, un brouhaha fut de nouveau perceptible du côté de sir Clement et on vit les gens s'écarter à la hâte de lui, y compris Guy et lady Anne, de sorte qu'il se retrouva seul, assis mais penché en avant au-dessus de la table, les deux mains agrippées à son rebord, le visage congestionné par l'effort qu'il faisait pour tenter de respirer.

— Ma foi ! s'exclama l'abbé, Dieu, comme le reste de la compagnie, a sans doute perdu patience et il aura décidé de le juger.

CHAPITRE VIII

Le premier moment de stupeur passé, la grand-salle sombra dans le chaos. On criait, on hurlait aussi et, plus encore, on s'exclamait. On se levait et certains essayaient de s'éloigner de sir Clement, quand d'autres se pressaient en foule pour l'approcher. Quelques-uns, grimpés sur des bancs, tendaient le cou pour essayer de l'apercevoir et, au milieu du tumulte et des interrogations, on percevait des bribes de prières et des discussions passionnées. Sir Clement était dissimulé au regard de Frevisse et, comme l'abbé, elle demeura à sa place, comprenant qu'il n'aurait servi à rien d'essayer de le voir. Même du haut de l'estrade, elle ne le distinguerait pas mieux si elle se levait. Elle était trop loin de la scène pour faire œuvre utile et n'avait aucune chance de pouvoir rejoindre sir Clement dans tout ce désordre. Mais elle se signa et entama une prière fervente pour lui, car il était évident qu'il reposait maintenant entre les mains de Dieu et, pour cet homme en particulier, cela devait être une épreuve terrible. Bien rares en ce bas monde avaient été les témoins d'un tel événement : Dieu appliquant sa loi avec autant de promptitude que d'infaillibilité. Saisie d'effroi, elle ajouta une prière par laquelle elle se rendait à sa volonté, car Il lui interdisait d'aller à l'encontre de son jugement, de crainte qu'elle ne se montre aussi coupable que sir Clement.

Près d'elle, elle remarqua que l'abbé était totalement absorbé dans ses prières.

Dans la salle, on s'efforçait de rétablir un semblant d'ordre. On se recula pour permettre à quelques hommes, des domestiques pour la plupart, accompagnés du père Philip, d'aider sir Clement à se remettre debout et à s'éloigner de la table. Il était complètement penché en avant, s'efforçant toujours de respirer, les poings pressés sur la poitrine. « Faites place ! » criaient les hommes, qui, tout en le maintenant debout, durent à la fois le guider et presque le porter pour lui permettre de quitter la salle. Un silence momentané succéda à leur départ, mais aussitôt après le brouhaha reprit, fait de questions et de commentaires inquiets.

L'évêque Beaufort se dressa, déployant sa haute et impressionnante stature et, d'un grand geste des mains qui englobait tous ceux qui lui faisaient face, il déclara d'une voix puissante :

— Bonnes gens ! Nos yeux ont été témoins d'un miracle. Puisse Dieu, après avoir manifesté sa volonté, prendre pitié de cet homme. Prions pour lui. Et pour nos âmes, car personne, pas moins que sir Clement, n'est assuré d'être à l'abri du terrible jugement de Dieu. Je vous demande de regagner vos places. Asseyons-nous et prions.

Il émanait de lui une telle certitude d'être obéi que tous — qu'ils fussent effrayés, épouvantés ou prudents — se soumirent, les convives retournant sur leurs bancs, les domestiques à l'endroit qui leur était assigné, près des seigneurs dont ils dépendaient ou le long des paravents disposés dans le passage menant aux cuisines. Un vide éloquent signalait l'endroit où avaient été assis sir Clement, sa pupille et son neveu ;

on y jetait des coups d'œil fugaces, avant de détourner nerveusement les yeux, quand on ne s'interdisait pas de regarder.

L'évêque Beaufort attendit que le calme se rétablisse dans la salle et que tout le monde dirige ses regards vers lui. Alors, il joignit les mains.

— *Oremus!* lança-t-il et il inclina la tête.

Toutes les têtes dans la grand-salle s'inclinèrent ensemble et, d'une voix qui portait, d'une voix qui se voulait audible de chacun et de Dieu en personne, il déclara :

— Seigneur tout puissant, puissions-nous — grains de poussière dans le vent — apprendre à ne pas provoquer ta colère. Si telle est ta volonté, épargne sir Clement Sharpe, qu'il se montre meilleur serviteur envers toi jusqu'au terme de ses jours, si tu as décidé de le laisser vivre. *Sed fiat voluntas tua*[1]. Et puissions-nous atteindre le terme de l'existence dont tu nous as gratifiés et trouver grâce à tes yeux le jour venu, par le Christ notre Seigneur, qui vivra et régnera dans les siècles des siècles. Amen.

Il releva la tête et, d'une voix plus familière, ajouta :

— Pour l'heure, souvenons-nous que nous sommes venus honorer notre ami Thomas Chaucer. Achevons ce banquet donné en sa mémoire et qu'il repose en Dieu.

Un murmure d'acquiescement parcourut toute la salle. Certains firent le signe de croix. Quelques-uns gardèrent un moment la tête baissée, priant en silence. Nombreux furent ceux qui regagnèrent leur place et le repas se poursuivit dans une atmosphère devenue pesante. L'évêque Beaufort se rassit et se tourna pour réconforter Matilda, toute pâle et tremblante.

1. Mais que ta volonté soit faite. *(N.d.T.)*

Frevisse avait perdu tout appétit et, à cause de son mal de tête, elle n'osait boire du vin. Robert ne réapparut pas et l'abbé ne chercha plus à entretenir la conversation. Seule avec ses pensées, Frevisse n'en appréciait guère la tournure morbide. Que Dieu se manifestât aussi directement contre qui L'avait poussé à bout n'était guère rassurant. Elle chercha à oublier l'incident et se réfugia dans le spectacle des convives de la grand-salle.

Deux serviteurs enlevaient les assiettes devant la place qu'avait occupée Sir Clement. L'un d'eux redressa un gobelet et jeta une serviette sur une grande tache de vin.

Un peu plus loin, elle remarqua que sœur Perpetua avait cessé de manger — blême, elle tenait la tête penchée, murmurant une prière silencieuse. La nonne près d'elle pleurait et récitait son chapelet. Le père Philip n'était pas revenu et une grosse femme en avait profité pour prendre ses aises.

On venait juste de déposer le plat suivant devant eux — rôti de porc sur un lit de riz au safran, accompagné d'abricots et de champignons —, quand Joan, la dame d'honneur de sa tante, se pencha à son oreille pour lui murmurer :

— Ma maîtresse et la comtesse Alice demandent s'il vous serait possible d'aller prendre des nouvelles de sir Clement et de revenir leur en faire part.

— Assurément, répondit Frevisse.

Elle supposa qu'on l'estimait mieux placée que quiconque pour se lever de table sans déranger ; en outre, elle était à même de faire un rapport plus concis que celui d'un serviteur.

Outre ces considérations, elle trouvait bienvenu d'avoir un prétexte pour quitter la grand-salle. Elle se mit debout et s'enquit :

— Comment se porte ma tante ?

Joan secoua la tête, émettant un petit bruit sifflant.

— Tss... tss. Elle se montre courageuse, malgré la frayeur que nous a faite à tous cet énergumène. Elle supportera le reste de la journée, mais la nuit sera difficile pour elle, ainsi que les jours à venir, pauvre madame. Valerian veillerait sur elle, si elle acceptait de prendre du repos, mais elle refuse. Vous pourriez lui en parler, vous, ma mère.

— Je le ferai, assura Frevisse comme Joan s'inclinait et retournait auprès de sa maîtresse.

Frevisse murmura quelques mots d'excuses à l'abbé et sortit par une porte derrière l'estrade. Dans le couloir, elle arrêta un serviteur qui lui apprit que sir Clement avait été conduit dans la chambre du prêtre, au-dessus de la chapelle.

Un des avantages dont jouissait un prêtre au service d'une maison aussi grande et prospère que celle de Thomas Chaucer était de pouvoir disposer d'une pièce à soi pour dormir, prier et étudier. C'était une décision de bon sens d'y avoir transporté sir Clement, car cela n'occasionnerait nulle gêne aux membres de la famille et, étant donné son isolement, il ne serait pas difficile d'en interdire l'accès aux curieux.

Un escalier étroit, raide et sombre, permettait, à partir du vestibule de la chapelle, de gagner la chambre du prêtre. Aussi vaste que la chapelle proprement dite, elle n'en offrait pas le luxe, mais se voulait austère, sans pour autant manquer de rien, y compris, sous la croix, le prie-Dieu contre le mur — un meuble sobre ou ancien, à moins qu'il ne fût les deux. Une armoire, contre un autre mur, une table de bois brut, une chaise, un tabouret. Un lit étroit, avec un lit à roulettes au-dessous et des couvertures de laine grise. Seul le petit tapis apportait un peu de couleur et, au vu de ses motifs passés et de sa trame usée, il avait été récupéré dans quelque endroit de la demeure.

Cette austérité n'avait pas été voulue par Chaucer. Frevisse se souvenait d'être venue se confesser dans cette pièce quand elle habitait à Ewelme. Il y avait alors une tenture aux couleurs vives, un crucifix peint, très coloré, et un lit beaucoup plus grand avec une courtepointe éclatante. Le décor actuel avait dû être choisi par le père Philip. Cependant, elle remarqua un beau meuble, un haut bureau, disposé de manière à profiter au mieux de la lumière du jour dispensée par une des deux fenêtres étroites. Les livres rangés sur les étagères, derrière l'appui pour les pieds du bureau, étaient les seuls signes de richesse. C'était un bureau de clerc, conçu et utilisé pour l'étude. Contrastant avec tout le reste du mobilier, il comportait entre ses pieds une pièce de bois aussi belle qu'inutile, magnifiquement ouvragée et tout en volutes.

Un seul coup d'œil en entrant avait suffi à Frevisse pour noter ces détails. Son attention se dirigea ensuite vers sir Clement. Il ne reposait pas sur le lit mais était assis, le buste incliné au-dessus de la table à laquelle il se retenait des deux mains, entièrement absorbé par sa respiration qui était bien moins difficile que lorsqu'on l'avait transporté depuis la grand-salle. Guy et lady Anne se trouvaient sous la fenêtre la plus éloignée, lui debout, très raide, elle tout près, une main sur son bras, l'autre pressée au creux de la gorge, comme pour endiguer sa peur. Seul dans son coin, Jevan Dey se frottait nerveusement la cuisse.

Le père Philip se tenait à côté de la table et, dans son dos, un homme aux vêtements très ordinaires attendait. Frevisse estima qu'il s'agissait de son domestique. En face de sir Clement, et penché sur lui, le médecin — à en juger par la coupe de sa robe sombre — considérait le visage du malade d'un air songeur. Si grande était sa concentration qu'on aurait pu croire qu'elle suffirait à le guérir.

Soudain, sir Clement se redressa, cherchant un peu d'air, et respira bruyamment. Tout le monde sursauta. Frevisse réprima un hoquet. Le visage plutôt émacié de sir Clement n'était pas seulement bouffi, il montrait des marques rouges très nettes sur les joues et sur le cou, à hauteur du col ouvert de sa houppelande.

Pourtant, c'est d'une voix toujours aussi hargneuse, mais pâteuse, qu'il exigea :

— À boire, n'importe quoi, même de l'eau !

Le médecin regarda le père Philip et hocha la tête. Le prêtre fit un geste en direction de son domestique qui s'approcha de l'armoire au moment où Guy se retournait vers elle. Glissant une main par la porte entrouverte, il en sortit une bouteille à col long.

— Oui, celle-là, dit le père Philip. Avec la coupe.

Le domestique, apparemment gêné que Guy l'eût précédé, prit une coupe en terre cuite pendant que ce dernier ôtait le bouchon de liège de la bouteille.

Sir Clement, qui avait toujours le plus grand mal à respirer, foudroya le médecin du regard avant de lever les yeux vers Guy et lady Anne.

— Pas encore, fit-il d'une voix grinçante. Elle n'est pas encore à toi.

La main de lady Anne serra le bras de Guy, le retenant de se précipiter en avant. Sir Clement regarda Jevan, la bouche tordue par un rictus.

— Espère toujours et meurs sans espoir, mon garçon. Mon heure n'est pas venue.

Les yeux de Jevan s'emplirent de colère. Lady Anne secoua la tête, pour lui demander de ne rien faire ou de ne rien dire. Que ce fût à cause de ce geste ou de sa longue habitude de se maîtriser, il garda le silence et resta immobile. Mais la lueur de colère ne disparut pas de son regard.

— Voilà.

Le père Philip prit la coupe pleine des mains de Guy et la tendit à sir Clement.

C'est alors que celui-ci émit un son inarticulé et commença à tirer frénétiquement sur le poignet évasé de la manche de sa houppelande, l'ouvrant et le remontant le plus haut possible pour faire apparaître une grande éruption toute rouge qui lui couvrait le bras.

— Par l'enfer ! Rien ne me sera épargné !

Il se mit à labourer de ses ongles la peau rougie. Le médecin avança la main pour l'en empêcher. Sir Clement s'interrompit et le repoussa brutalement, l'obligeant à reculer.

— Bas les pattes ! grommela-t-il.

Il s'empara de la coupe que lui présentait le père Philip.

— Donnez-moi ça ! lança-t-il.

Il but tout le vin, avalant avec difficulté, jeta la coupe sur la table et se remit à labourer son bras.

Prenant garde de ne pas s'approcher, le médecin déclara :

— Vous devriez vous étendre, maintenant, monseigneur. Vous reposer. Je...

— Imbécile ! Couché... peux pas... respirer.

Sir Clement haletait, cherchant de l'air entre chaque mot. Dans un dernier effort, il émit un son rauque et put enfin inspirer profondément, la tête rejetée en arrière, les yeux clos. Un petit filament de bave apparut au coin de ses lèvres. Tout le monde l'observait, sans oser faire un geste.

Après quelques instants, voyant que rien ne se passait, le médecin murmura, comme pour ne pas être entendu de sir Clement :

— Il va mieux qu'au moment où nous l'avons transporté dans la chambre. On peut espérer.

— Mais vous ignorez ce dont il souffre ? demanda le père Philip.

Le médecin le considéra d'un air sombre.

— Non, cela ne ressemble à rien que je connaisse.

Et d'ajouter, encore plus bas :

— D'ailleurs, comment pourrait-on savoir ?

Car nul parmi eux n'avait jusqu'à ce jour vu un pécheur recevoir le châtiment de Dieu !

Soudain, dans un terrible effort pour aspirer encore un peu d'air, sir Clement se souleva sur sa chaise. Sa lèvre supérieure avait bleui, ses yeux fixaient le vide, pris de panique — à moins qu'il ne vît chose que personne d'autre dans la pièce ne pouvait voir. Puis, les poings serrés, les bras comprimant ses côtes comme pour expulser l'air de ses poumons, il s'effondra sur la table à la façon qu'il avait eue lors de sa première attaque dans la grand-salle.

Le médecin, le père Philip et son domestique s'empressèrent autour de lui comme s'ils croyaient pouvoir l'aider. Jevan, arrachant la bouteille de vin des mains de Guy, ramassa la coupe sur la table et la remplit. Guy s'approcha avec un temps de retard, prenant soin de rester à distance de son oncle. Lady Anne ne bougea pas, les mains devant la bouche, et ses yeux écarquillés par la peur lui donnaient plus que jamais l'air d'une enfant.

Le père Philip recula d'un pas et fit un grand signe de croix au-dessus de sir Clement — geste par lequel il incluait également son domestique, Jevan et le médecin. Celui-ci repoussa la coupe de vin que tenait Jevan. Il essayait en vain de redresser sir Clement, afin de mieux l'observer. Le père Philip se signa et commença à réciter une prière en latin.

Alors Frevisse et tous les autres se signèrent à leur tour.

Frevisse n'aurait su dire combien de temps durèrent les efforts de sir Clement pour échapper à l'étouffement. Une éternité. Très brève. Après des hoquets douloureux, sa respiration devint sifflante, puis ce furent des raclements désespérés. Quand Frevisse, qui priait à voix haute — que Dieu lui pardonne, que Dieu le prenne en pitié —, releva la tête, elle vit le père Philip contourner la table pour se diriger vers l'armoire. Lui aussi continuait à prier, mais, si elle remarqua que ses lèvres remuaient silencieusement elle ne distingua pas ce que faisaient ses mains. Quant il se retourna vers la table, tenant une petite fiole de verre et un morceau de pain, Frevisse comprit ce qui allait suivre et elle s'agenouilla.

Écartant Jevan et le médecin, le père Philip se pencha vers sir Clement, auquel il s'adressa d'une voix forte :

— Est-ce que vous vous repentez ? Voulez-vous recevoir le corps du Christ et demander la rémission de vos péchés ?

Comprenant enfin, tous les autres s'agenouillèrent, même le médecin, mais en dernier, car il avait du mal à admettre l'inéluctable.

Le corps de sir Clement était tout frémissant à cause des efforts qu'il faisait pour respirer, et pourtant, Frevisse remarqua le hochement de tête désespéré indiquant qu'il acceptait de répondre à la question dont dépendrait le salut de son âme. Non sans difficulté, le père Philip introduisit le petit morceau de pain entre ses lèvres, versa un peu d'huile de la fiole — le saint chrême — sur ses doigts et traça le signe de croix sur le front rouge et gonflé, parcouru de frissons, de sir Clement. Les yeux écarquillés, la bouche béante, avec sur la langue le morceau de pain qu'il n'avait pas avalé, sir Clement planta son regard dans celui du père Philip, qui demeura penché sur lui, front contre front, priant pour lui jusqu'au moment où la tête de sir Clement s'affaissa en arrière, tandis que ses lèvres remuaient sans émettre aucun son. Il demeura le regard figé, braqué sur le plafond, moment interminable qui s'acheva quand ses yeux s'éteignirent et qu'il s'effondra sur sa chaise, les yeux toujours levés, mais sans vie.

Alors, le père Philip prononça les paroles qu'on attendait de tout chrétien et que sir Clement n'avait pas pu dire pour assurer son salut.

— *In manus tuas, Domine, commendo spiritum eum.* (Ô Seigneur, je te confie son âme.)

CHAPITRE IX

La journée avait été plus longue et, à bien des égards, pire que ne l'avait envisagé Beaufort. Assis devant son bureau couvert de papiers, alors que la lumière commençait à virer au gris — aucune lampe n'était allumée car il n'en avait pas donné l'ordre —, il se passa machinalement une main sur le front. Bien qu'il fût las, il avait encore beaucoup à faire, afin, dès l'aube, de pouvoir envoyer des messages qui ne souffraient pas d'attendre puisqu'ils concernaient le gouvernement et l'évêché, sujets de préoccupation dont il ne lui fallait pas trop longtemps s'écarter.

L'évêché lui causait moins de soucis et lui rapportait plus ; il y avait nommé certains hommes, non pas de confiance, car accorder sa confiance vous rendait vulnérable, mais sur lesquels il pouvait compter pour que tout se déroulât comme il le désirait et qui l'avertiraient en cas de problème impossible à résoudre.

Comme il y était moins impliqué, le gouvernement du royaume laissait beaucoup plus à désirer. En effet, il était composé de presque autant d'hommes s'estimant en droit de conseiller le jeune Henri VI que d'hommes incapables de sentir qu'un « droit » et une « aptitude » n'étaient pas nécessairement identiques. Le nom de son lamentable neveu, Humphrey, duc de

Gloucester, qu'il détestait à juste titre, lui vint aussitôt à l'esprit. Pour l'heure, celui-ci n'avait pas tout à fait les mains libres, dans la mesure du possible, même s'il ne fallait pas espérer le voir un jour ne plus se mêler des affaires du royaume.

Que Thomas aille au diable! Il avait été un des rares que Gloucester respectait assez pour l'écouter. Non qu'il tînt toujours compte de son avis, mais au moins ne se lançait-il pas à corps perdu dans une de ces manœuvres hasardeuses dont il avait le secret.

Mais Thomas, sauf en de brèves occasions, avait refusé de céder à la spirale du pouvoir qui gravitait autour du souverain. Maintenant, il était bien au-delà de toutes ces considérations.

Beaufort pria pour l'âme de Thomas. En ce jour, il s'était efforcé de ne pas se laisser envahir par les sentiments qu'il éprouvait à son égard ; il était plus facile de travailler avec efficacité si les émotions n'y avaient aucune part. Il savait qu'il le paierait plus tard, sans doute connaîtrait-il une semaine qui le verrait d'une humeur de chien, mais, en cet instant, cette contrainte l'avait aidé à supporter la journée. Il expulsa aussi Gloucester de son esprit. La simple évocation du personnage était une perte de temps qui l'exaspérait. D'ailleurs, il devait s'occuper d'un problème, mineur certes, comparé à celui que représentait l'oncle du roi, mais au moins espérait-il le résoudre.

Un de ses secrétaires frappa contre le battant de la porte ouverte. D'un hochement de tête, Beaufort lui demanda d'entrer et, apercevant dans son dos mère Frevisse et la nonne qui avait voyagé avec elle, il se leva.

— Mère Frevisse. Merci d'être venue si vite.

Il offrit sa main. Les deux femmes lui répondirent par le signe de croix, s'inclinèrent et baisèrent son anneau. La seconde nonne se retira près de l'entrée, tête baissée, les mains glissées dans les manches de sa robe. Il eût été inconvenant pour une nonne d'être vue seule en compagnie d'un homme mais elle demeura courtoisement à l'écart, aussi loin que décemment possible. Beaufort jeta un coup d'œil aux deux clercs assis à leurs écritoires, le long du mur le plus éloigné. Ils ne pourraient pas surprendre ce qui se dirait si Frevisse et lui s'exprimaient à voix basse.

Il lui indiqua un tabouret près de la table.

— J'espère que ma requête ne vous aura pas occasionné un trop grand dérangement. Je ne doute pas que vous soyez fatiguée après une telle journée.

— Je suis à votre service, monseigneur. Vous ne me dérangez en aucune façon.

Elle s'assit, droite, sans raideur, les mains, comme celles de sa compagne, glissées dans ses manches. Sa voix était agréable à entendre, plutôt douce.

Beaufort scruta ce qu'il apercevait de son visage, entouré qu'il était par la guimpe blanche et le voile noir, mais il n'y découvrit rien. Elle avait obéi à son injonction, comme tout le monde l'aurait fait. Rien qui laissât deviner ses pensées ou ses sentiments. Cela lui apprit quelque chose sur elle : rares étaient les gens d'une condition inférieure à la sienne qui, en sa présence, ne se montraient ni mal à l'aise ni trop empressés, en fonction de leurs craintes ou de ce qu'ils attendaient de lui. N'éprouvait-elle aucune peur ? Aucun désir ? Il se souvint de la question soudaine qu'elle lui avait posée pour savoir si on trouverait du blé à un prix raisonnable, le soir où leurs routes s'étaient croisées pour la première fois — et comment, dès que sa tante lui avait gentiment reproché de s'intéresser à lui à cause du pouvoir qu'il détenait, elle avait su se reprendre. Pourtant, pendant ce bref échange, il avait été sensible à la volonté qui émanait d'elle. Thomas avait vu juste. C'était une femme peu ordinaire, intelligente, maîtresse d'elle-même et il ne fallait pas se fier à son maintien effacé, à son regard modestement baissé, dans l'attente qu'il parle. *Fort bien.*

— Votre oncle m'a chargé d'un message pour vous alors qu'il était mourant.

Elle releva la tête, affichant un regard ni soumis ni humble, aussi aigu que celui du faucon. Cependant, sa voix demeura ferme quand elle répondit :

— Oui, monseigneur ?

L'observant avec attention, Beaufort déclara :

— Il m'a demandé de vous dire que vous lui manqueriez beaucoup.

Elle baissa trop vite la tête pour qu'il pût deviner sa réaction, et, le temps de quelques battements de cœur, elle se tint coite, avant de dire doucement, le visage toujours baissé :

— Merci, monseigneur.

— Il vous manquera aussi, je pense ?

C'était une question et elle devait répondre.

Elle redressa la tête. Ses yeux étaient mouillés, mais elle répondit sans trembler, indifférente aux larmes qu'elle lui montrait :

— C'était un ami. Je n'en ai point d'autre comme lui. Jamais je n'en rencontrerai de tel.

Beaufort détourna les yeux, tendit le bras et ramena un paquet vers lui.

— Il vous a aussi laissé cela, un legs, en plus de ce qui est couché sur son testament, pour que vous en disposiez à votre guise.

Il le lui donna. Quand elle le prit, il remarqua comme ses doigts étaient longs et élégants et, bien qu'elle eût des traits trop particuliers pour être considérée comme une belle femme, il se dit qu'elle ne manquait pas de charme. D'après Thomas, elle avait librement choisi de se faire nonne et ne l'avait jamais regretté. Pourtant, l'évêque se demandait encore ce qui l'y avait incitée alors qu'elle aurait sans aucun doute pu trouver un bon parti. Si grande était l'affection de Thomas qu'il n'aurait pas manqué de la doter. Ce n'était pas la première fois que Beaufort s'interrogeait à propos de femmes qui avaient choisi le voile, choix, qui, comme celui de Frevisse, le laissait songeur.

Elle posa le paquet sur son giron et plaça ses mains par-dessus. Bien que le geste eût été exécuté sans précipitation et que ses mains demeurassent tranquilles, Beaufort eut l'intuition qu'il ne serait pas facile de lui reprendre le paquet, pour peu que quelqu'un eût la stupidité d'essayer.

— Vous ne l'ouvrez donc pas ? s'enquit-il.

— Pas maintenant, dit-elle, sans rien perdre de son sang-froid, le regardant droit dans les yeux pour savoir ce qu'il voulait d'elle.

Comme il n'en soufflait mot, elle baissa les yeux, attendant qu'il la congédie.

Pas mécontent de l'avoir déconcertée, Beaufort s'adossa à son siège et dit :

— Bien, j'ai une requête à vous faire.

Il crut déceler un léger raidissement dans son attitude avant qu'elle ne relève les yeux. Mais c'est d'une voix aussi égale qu'auparavant qu'elle demanda :

— Oui ?

— Quelqu'un est décédé aujourd'hui dans cette maison. Je crois savoir que vous étiez présente.

— Oui.

— Et cela vous a plongée dans le désarroi.

— Monseigneur, j'ai déjà vu la mort. Je ne m'en réjouis jamais mais...

Elle hésita.

— Mais ainsi est faite la vie. Notre mort est inéluctable, aussi vraie que le fut notre naissance. Se plaindre de l'une, c'est se plaindre de l'autre.

— Et toutes deux sont entre les mains de Dieu.

— Certes.

— On dit que cette mort a été, plus qu'une autre, voulue par Lui.

— Oui.

— Je veux en être certain.

Mère Frevisse ouvrit la bouche, comme pour protester, avant de se reprendre.

— En avoir été témoin, y a-t-il preuve plus éclatante ? Il a invoqué le jugement de Dieu et celui-ci s'est exécuté.

Beaufort ne l'ignorait pas : ce qu'on racontait dans tout le manoir et — à cette heure même — dans le village et ce qui serait colporté beaucoup plus loin, à mesure que les hôtes rentreraient chez eux, aurait plus trait à la mort de sir Clement qu'aux funérailles de Thomas. Car Dieu, tout le monde en avait été témoin, avait accompli un acte extraordinaire et la légende ne tarderait pas à s'en emparer.

— Je veux acquérir la *certitude* qu'il en a été ainsi, insista-t-il.

Bien que Frevisse restât respectueuse, il nota une certaine aspérité dans sa voix quand elle répondit :

— Auquel cas je vous suggère de demander au père Philip. Dès le début, il était plus que moi mêlé à l'événement et, à la fin, il se trouvait tout près de sir Clement.

— Je me suis déjà entretenu avec lui.

Entretien dont il n'avait pas du tout été satisfait car le prêtre, comme chacun, semblait croire à l'intervention de Dieu dans la mort de sir Clement. Il s'en était tenu là, ne s'était pas interrogé plus avant, ni étonné que Dieu eût choisi cette heure et ce lieu pour se manifester.

— Votre oncle m'a confié que vous ne manquiez pas de talent pour découvrir des choses que personne n'aurait remarquées.

Mère Frevisse inspira longuement, comme si elle allait parler, mais elle serra les lèvres et ne souffla mot. Elle se contenta d'incliner la tête, dissimulant encore une fois son visage.

Beaufort poursuivit :

— Je veux être sûr que cette mort est due à un acte surnaturel. Je veux savoir s'il s'agit de la volonté de Dieu.

Mère Frevisse se redressa et lui lança un regard direct. Elle lui posa une question à laquelle il ne s'attendait pas :

— Pourquoi ?

Il pouvait se contenter de lui demander de l'aider, car elle lui devait obéissance, eu égard à son statut de prince de l'Église. Pourtant, se rappelant certaines confidences de Thomas à son propos, Beaufort se pencha en avant et parla plus bas, pour bien lui faire comprendre que ses paroles devaient rester entre eux.

— Je veux savoir si sa mort est due à un acte humain, s'il y a eu crime, dit-il sans biaiser. Cela faisait des années que sir Clement blasphémait. On ne compte plus les fois où il s'est levé pour lancer ces paroles : « Je vous le dis, si j'ai tort en cette affaire, que Dieu me punisse dans l'heure qui suit ! », mais jamais Dieu ne s'était soucié de lui. Moi-même, je l'ai entendu maintes fois mentir de façon éhontée aux yeux de tous. Aussi ne puis-je m'empêcher de me demander pourquoi Dieu aurait choisi de le frapper ce jour-là justement, quand il aurait pu agir à un moment plus propice. À moins d'estimer que Dieu dormait ou était occupé ailleurs.

Mère Frevisse crispa la bouche pour se retenir de sourire, chose que Beaufort avait souvent vu faire à Thomas Chaucer.

— J'ignorais qu'il se comportait ainsi, dit-elle. Toutefois, il semblait prendre plaisir à semer le trouble dans son entourage.

— Certes, confirma Beaufort. C'est bien pour cela que je m'interroge. Il avait un don pour s'attirer des ennemis et pour habitude de n'en jamais perdre aucun par la suite. Mais j'aimerais savoir plus particulièrement... si le père Philip se trouve impliqué ou non.

Ces paroles la surprirent et elle ne s'en cacha pas.

— Le père Philip ? Pourquoi lui plus qu'un autre ?

— Je ne le suspecte pas en particulier. Je veux simplement n'avoir aucune raison de le faire.

Beaufort hésita. Mais c'était une femme intelligente, qui le servirait mieux s'il ne lui cachait rien.

— Cela fait quelques années que je m'intéresse à lui. Comme vous, il a des talents qui dépassent la moyenne, et j'ai toujours besoin d'hommes de cette qualité. Cependant, il m'en faut auxquels je puisse entièrement m'en remettre avant de leur confier des charges. « Le roi devrait mettre aux postes de commande ceux-là seuls dont il a éprouvé les capacités. »

— « Et non pas attendre que ceux qu'il a mis aux postes de commande fassent la preuve de leurs capacités », répondit aussitôt Frevisse, complétant la citation. Vincent de Beauvais, et on ne peut plus vrai.

Elle était donc aussi savante que Thomas l'avait laissé entendre. Très savante, avait-il dit, sans ajouter : *pour une femme.* Beaufort se demanda quel pouvait bien être le livre qu'elle tenait sur son giron et que Thomas désirait tant lui donner.

Mais là n'était pas la question. Il se permit de sourire, montrant qu'il appréciait son intervention, et dit :

— Exactement. Je dois donc savoir si le père Philip est oui ou non un meurtrier avant de pouvoir lui accorder ma confiance.

— Il y avait... de l'animosité entre lui et sir Clement.

— Le père Philip est né libre, pourtant il s'en est fallu d'un rien. Il a vu le jour alors que son père était encore serf, assujetti au propre père de sir Clement, mais, comme sa mère était une femme libre et qu'il est né sur une tenure qui appartenait à celle-ci, de par la loi, il est lui-même libéré de sa condition par sa naissance. Plus tard, son père a racheté son servage et, grâce à la terre de son épouse et à son aide, il est devenu suffisamment prospère pour pourvoir à l'éducation de ses fils et leur trouver des charges. Le père Philip en a particulièrement profité et il devrait faire son chemin dans l'Église. Cependant, sir Clement s'était mis à prétendre que sir Philip, en fin de compte, n'était pas né libre, qu'il en avait la preuve, qu'il était toujours un serf et donc un homme dont il tenait le sort entre les mains. À supposer que sir Clement eût maintenu ses dires et en eût apporté la preuve, la carrière du père Philip en aurait été gravement entravée.

— Mais sir Clement n'avait pas encore confié l'affaire à la justice ?

— Pour abréger son divertissement ? Voir ses victimes torturées par l'incertitude était un des grands plaisirs de sa vie.

— À vous entendre, le père Philip n'était pas sa seule victime, remarqua mère Frevisse. D'autres que lui pourraient se réjouir de la disparition de sir Clement. Nombre d'ennemis de celui-ci se trouvaient sans doute au banquet.

— Très certainement. Maintenant, écoutez-moi bien : le père Philip ignore tout ce que je sais sur ses origines. Il sait seulement que j'étais d'accord avec lui pour penser que sir Clement était un homme à éviter. Aussi, quand vous questionnerez les gens sur celui-ci et les circonstances de sa mort...

Quand, mère Frevisse avait haussé les sourcils à ce seul mot. Beaufort passa outre. Elle lui rendrait ce service, et peu importait ce qu'elle pensait.

— ... il n'aura aucune raison de soupçonner que vous vous intéressez de près à lui, puisque vous n'êtes pas censée savoir qu'il avait, lui, une excellente raison de souhaiter la mort de sir Clement. Comprenez-vous ?

CHAPITRE X

Maintenant que Frevisse avait fait plus ample connaissance avec l'évêque Beaufort, il ne lui plaisait guère. Non plus que sa façon de l'observer de près comme s'il envisageait vaguement d'acquérir une propriété. Et sans doute se moquait-il qu'elle se défiât autant de lui que d'un adversaire qu'elle aurait senti menaçant. Elle estima qu'il se souciait peu d'être aimé ou non, du moment qu'on exécutait ses ordres. Et à sa convenance.

Que lui avait donc dit Chaucer à son propos ? Pourquoi un homme si puissant lui demandait-il cela ? D'un ton froid et égal, qu'elle espéra accordé au sien, elle répondit :

— Je comprends et essaierai de me conformer à vos souhaits, monseigneur.

L'évêque Beaufort hocha la tête et la congédia d'un geste élégant. Elle se dit qu'il se montrait toujours courtois quand les choses se déroulaient comme il l'entendait, mais qu'en était-il dans le cas contraire ? Elle se leva, lui fit une profonde révérence et se retira. Sœur Perpetua la suivit sans un mot.

Les personnes qui se trouvaient dans la pièce attenante leur lancèrent des regards curieux et interrogateurs, mais Frevisse passa son chemin sans lever la tête, pressant à hauteur de sa taille le paquet enveloppé de tissu, son voile rabattu de part et d'autre du visage, image même de l'humilité chrétienne.

À vrai dire, elle n'éprouvait rien qui y ressemblât et faire preuve de modestie était la dernière de ses préoccupations. Mais elle ne voulait pas qu'on lui adresse la parole ; elle ne se sentait pas capable de répondre correctement, ni même de se montrer polie. Elle désirait être seule et penser à la meilleure manière de satisfaire l'évêque Beaufort. Fidèle à l'instinct qu'elle avait longuement cultivé pendant toutes les années passées à Sainte-Frideswide et consciente que, vu le nombre d'invités qui dormiraient ce soir-là à Ewelme elle ne trouverait nulle part un endroit tranquille, elle se dirigea vers le refuge de la chapelle.

Dans le vestibule, comme Frevisse tendait la main vers la poignée de la porte, sœur Perpetua lui toucha le bras. Frevisse s'immobilisa.

— Mère Frevisse, demanda gentiment la nonne, comment vous sentez-vous ?

Frevisse se retourna.

— Qu'avez-vous entendu de ce qu'il m'a demandé ?

— Tout, il me semble. Pensez-vous pouvoir faire ce qu'il attend de vous ?

Son bon sens et son excellente éducation avaient valu à sœur Perpetua d'être choisie pour l'accompagner, pourtant Frevisse, bien qu'elle ne doutât pas de sa discrétion, se trouva incapable de lui faire part de ses sentiments.

— Je l'ignore, dit-elle avec une brusquerie qui trahissait son désir d'échapper au fardeau qu'on lui imposait. Je ne suis pas même sûre de savoir par où commencer.

De nouveau, elle avança la main vers la porte.

— Il me faut prier.

Derrière elle, sœur Perpetua déclara d'une voix douce :

— La prière doit être un soutien et un guide, non pas un moyen de se cacher.

La justesse de cet avertissement frappa Frevisse au plus profond de son cœur. Elle s'immobilisa, ne trouvant rien à y redire. Elle était livrée à ses propres démons et Dieu ne lui avait pas encore montré comment y échapper. En attendant, la prière était son seul réconfort, son seul guide. Au moins pouvait-elle se rendre cette justice : elle cherchait à échapper aux tourments qu'elle endurait à cause de ses remords, elle cherchait à obtenir le pardon — celui de Dieu et le sien propre — dans l'accomplissement de ses devoirs et non pas en tentant de s'y soustraire ou de les nier. Et elle n'avait rien d'autre que la prière. Non, prier n'était pas une échappatoire, elle y mettait tous ses espoirs.

Toutefois, en cet instant, aucun mot n'aurait pu traduire son sentiment. Au bout d'un moment, elle entra dans la chapelle, sans répondre à sœur Perpetua.

Le corps de sir Clement était étendu à l'endroit même où se trouvait celui de Chaucer, la veille. Il n'y avait pas encore de cercueil ; le cadavre, recouvert d'un linceul blanc, reposait sur des planches soutenues par des tréteaux, eux-mêmes dissimulés par un tissu noir. Frevisse supposa que, le lendemain, sa famille se chargerait d'emporter sa dépouille. Non, l'officier de la Couronne spécialement habilité devrait venir enquêter, comme toujours en cas de décès suspect ou de mort violente. Entre-temps, la famille devrait rester sur place, ainsi que le corps du défunt, et l'on ne pouvait savoir quel jour l'enquêteur se présenterait.

Elle se dirigea vers l'extrémité de la chapelle, suivie

de sœur Perpetua. Il y faisait sombre, car on était à bonne distance de la porte et des quelques cierges disposés autour du corps. Elle reconnut Jevan, agenouillé, le visage posé sur ses mains jointes, éclairé par la lueur dorée des cierges. Trois autres personnes — dont maître Gallard, l'huissier, reconnaissable à sa silhouette (l'air sombre et tranquille pour une fois) — étaient agenouillées sur un seul rang près du corps, face à l'autel, lui tournant le dos. Dans un froissement d'étoffes, sœur Perpetua se mit à genoux. Frevisse l'imita et retrouva le contact dur de la pierre ; elle baissa la tête et joignit les mains, mais, au lieu de s'absorber dans le réconfort de la prière, elle demeura le regard fixé vers le sol, retournant dans son esprit le problème qu'on lui avait soumis.

Il était hors de doute qu'elle devait respecter les volontés de l'évêque Beaufort. Il était son supérieur et il n'y avait rien d'immoral ou d'illégal dans sa requête. Bien que Sainte-Frideswide fît partie de l'évêché de Lincoln et non pas de celui de Winchester, il n'était pas seulement évêque, il avait rang de cardinal et partout en Angleterre il pouvait se faire obéir. Si elle désobéissait, elle en subirait les conséquences, d'une manière ou d'une autre. Toutefois, si elle essayait de le satisfaire et échouait malgré tout, elle estima qu'il accepterait son échec sans la blâmer.

Quoi qu'il en soit, le problème demeurait entier : comment répondre à sa requête ?

Il doutait que la mort de sir Clement fût due à la main de Dieu. Pourquoi ? Et pourquoi estimait-il possible que le père Philip fût le coupable ? Il voulait savoir ce qui s'était passé parce qu'il nourrissait des projets pour le père Philip et désirait être certain que celui-ci n'avait pas commis de crime... ou, au contraire, qu'il en avait commis un, lui suggéra perfidement son esprit. Elle n'était pas sûre que l'évêque eût fait clairement la distinction quand il lui avait demandé de chercher la vérité.

Du moins lui avait-il fourni un mobile plausible. Pour un homme libre, la perspective de retourner à la condition de serf n'avait rien d'enthousiasmant. Pourtant, la veille, le père Philip s'était montré singulièrement peu affecté par les insultes proférées par sir Clement, à croire qu'elles lui importaient aussi peu que ce dernier.

À moins qu'il n'eût dissimulé ses véritables sentiments avec un talent peu ordinaire.

Enfin, si l'on avait assassiné sir Clement, comment avait-on procédé ?

Le poison venait tout de suite à l'esprit. Le médecin n'aurait pas manqué de remarquer une blessure et que dire des efforts de sir Clement pour respirer, comme si une main invisible l'étranglait, de son visage gonflé, des éruptions et des marques rouges ?

Mais comment aurait-il pu être empoisonné ? Sir Clement avait mangé dans le même plat que lady Anne et Guy et avait partagé le gobelet de ce dernier. Pourtant, lui seul s'était trouvé mal.

Enfin, si l'on ne devait pas exclure un poison, le père Philip était assis loin de la victime lors du banquet. En une seule occasion, il s'était approché de sir Clement, pour lui demander de se calmer, juste avant qu'il ne défiât Dieu de le châtier. Le père Philip s'en serait-il inspiré ? Peut-être, mais, pour autant que Frevisse s'en souvenait, il ne se trouvait pas assez près de la table pour avoir pu mettre du poison dans la nourriture ou la boisson. Cela dit, si c'était bien du poison, on aurait agi plus tôt. Qu'est-ce que sir Clement avait bien pu boire ou avaler d'autre ? Il avait mangé auparavant, sans aucun doute. Existait-il un poison dont les effets se manifestaient si tardivement ?

À moins qu'on ne s'en fût servi ultérieurement. Sir Clement avait été le seul à boire du vin dans la chambre du prêtre, au moment même où il semblait aller mieux. Que penser si la main de Dieu l'avait seulement effleuré, se contentant de prévenir le pécheur que la mort l'attendait et qu'il lui donnait une chance de s'amender ? Le père Philip — ou quelqu'un d'autre, se demanda consciencieusement Frevisse — avait-il profité de ce qu'on considérait comme un avertissement divin pour tuer sir Clement ?

Dans la chambre du père Philip, le poison avait agi rapidement, provoquant des effets identiques à ceux qu'avait ressentis sir Clement dans la grand-salle. Mais, puisque personne n'était à même de prévoir l'intervention de Dieu, comment l'assassin aurait-il pu disposer sur-le-champ de poison, poison qui aurait été si efficace par ailleurs ?

Il lui fallait parler à des gens susceptibles d'en savoir plus ou d'avoir été témoins de faits qu'elle ignorait. Et demander aux médecins ce qu'ils pensaient de la mort de sir Clement. La corporation médicale n'était jamais à court d'hypothèses ; manquant d'assurance dans leur combat perdu d'avance contre la mort, les médecins élaboraient des théories aussi sûrement qu'un maître forgeron produisait des épées.

Mais elle aurait beau agir et questionner, on en reviendrait toujours à la même interrogation : la mort de sir Clement était-elle due à la volonté sacrée du Seigneur ou à l'acte malveillant d'une de ses créatures ?

Une ombre s'interposa entre elle et la lueur des cierges et, quand elle leva les yeux, elle découvrit le père Philip, tout près, qui l'observait.

Elle jeta un coup d'œil vers l'endroit où le défunt était allongé et remarqua la place vide que le prêtre venait de quitter, là où il était resté agenouillé. En entrant, elle était si absorbée par la résolution du problème qui la taraudait qu'elle n'avait pas remarqué que l'homme près de maître Gallard était le prêtre du manoir.

Il s'inclina légèrement pour lui signifier qu'il l'avait vue, puis, d'un geste de la tête lui demanda de la suivre.

Il lui faudrait lui parler, à un moment ou un autre, et, comme il avait pris les devants, il se montrerait moins méfiant dans ses réponses. Non sans éprouver un sentiment de duplicité, car elle n'avait pas prié, Frevisse abaissa rapidement la tête et se signa. Elle se leva et le suivit hors de la chapelle. Sœur Perpetua l'accompagna et, dans l'entrée, les voyant s'isoler, elle demeura près de la porte, les mains dans ses manches, la tête penchée en avant, exactement comme elle avait fait en présence de l'évêque Beaufort.

Sans se perdre en formules de politesse et ignorant même sœur Perpetua, le père Philip lui dit :

— Son Excellence l'évêque désirait vous entretenir.

— Et il l'a fait, répondit Frevisse, certaine qu'il était déjà au courant.

Il voulait sans doute en connaître la raison, mais elle tenait la réponse toute prête.

— Il avait un message pour moi, que mon oncle lui a confié sur son lit de mort, et il entendait me le communiquer en personne.

— Que Dieu veille sur l'âme de votre oncle, dit le père Philip. Et c'était tout ?

Son regard tomba délibérément sur le paquet qu'elle serrait, avant de remonter vers son visage.

Sans trahir aucune expression, Frevisse demanda :

— De quoi d'autre aurait-il pu me parler ?

Adoptant le même ton qu'elle, il dit :

— Votre oncle a parlé de vous à l'occasion. Il vous aimait. Mieux, il appréciait votre intelligence.

Frevisse baissa la tête, humble, comme pour déprécier le compliment, et ne souffla mot.

— Et je pense qu'il en a également parlé à l'évêque Beaufort.

— Cela aurait été très gentil de sa part, répondit Frevisse.

— Son Excellence ne se satisfait pas de l'intervention divine pour expliquer la mort de sir Clement.

Frevisse ne put cacher sa surprise.

— Ah bon ?

— Vous l'a-t-il dit ?

— Et à vous-même ?

— Il m'a interrogé sur tous les détails que j'ai pu remarquer quand sir Clement a eu sa crise et quand il est mort, et je crois qu'il n'était pas satisfait de mes réponses.

— Pourquoi ? Que lui avez-vous dit ?

— Vous avez tout vu, comme les autres, dans la grand-salle et dans ma chambre.

— Mais vous étiez plus près de lui. Et je n'ai pas été témoin de ce qui s'est déroulé dans votre chambre avant de m'y trouver, presque à la fin.

Le père Philip eut un geste d'impatience.

— Vous en avez assez vu. Il allait mieux, il respirait avec plus de facilité et était lucide. Et, d'un coup, il a été frappé et est mort. Vous l'avez vu.

Frevisse hocha la tête. Elle n'aurait pu dire le contraire. Elle aurait mieux aimé se rappeler où se trouvaient les autres dans la chambre, ce qu'ils faisaient avant la seconde attaque, ce que trahissaient leurs visages de leurs sentiments. Elle se signa.

— Comme si Dieu avait commencé par suspendre son geste avant de le frapper définitivement.

À ce souvenir, elle frissonna.

— A-t-il dit quelque chose auparavant que je n'ai pas entendu ? Des paroles faisant montre d'une telle impénitence, ou...

Elle hésita.

— ... si blasphématoires qu'il n'y avait pas de salut possible pour lui ?

— Il ne s'est pas repenti et n'a montré aucune crainte de Dieu. Il était égal à lui-même, colérique et exigeant.

Le père Philip ajouta peu après :

— Peut-être est-ce ce qui a attiré sur lui la colère ultime de Dieu ? Qu'il ne reconnût pas ses fautes après avoir reçu un avertissement si clair.

À ce point du raisonnement du prêtre, Frevisse fit une citation :

— « Et quoi, pensez-vous que la vie vous a été donnée pour toujours, et les richesses du monde aussi ? »

— « Non, non, on me les a seulement louées et, dans un instant, elles iront à un autre », répondit le père Philip.

C'était un jeu dont raffolait Frevisse et elle y faisait merveille.

— Je connais la citation mais j'ai oublié d'où elle est tirée, dut-elle cependant admettre cette fois.

— D'*Everyman*[1], précisa le père Philip. Je ne l'ai jamais vu jouer, mais votre oncle en avait une copie.

La porte de la chapelle s'ouvrit sans bruit sur ses gonds bien huilés et Jevan Day sortit. Il s'immobilisa

1. *Everyman* (Tout homme) : *morality play* ou moralité, représentation dramatique où s'affrontent des entités personnifiées : amitié, médisance, mort, etc. Les seuls manuscrits d'*Everyman* dont on dispose datent du XVIe siècle. *(N.d.T.)*

en les apercevant, referma et s'inclina. L'éclairage fourni par la lampe du vestibule était aussi pauvre que la veille, mais, alors que ses ombres obscurcissaient le visage ravagé du père Philip, elles accusaient les traits creusés et les rides de fatigue autour de la bouche et des yeux de Jevan. Du coup, il semblait plutôt avoir l'âge de son oncle que le sien.

— Ma mère, dit-il à Frevisse, avant de se tourner vers le père Philip. Soyez remercié d'avoir donné l'absolution à mon oncle. Nous étions tous trop... abasourdis, pour la demander. Je vous remercie d'avoir veillé au salut de son âme. S'il trouve enfin la paix, ce sera grâce à vous.

— Et à la volonté de Dieu, ajouta le père Philip. Mais je vous sais gré de vos paroles si amènes.

Il indiqua la chapelle.

— Je prierai pour lui chaque fois que je le pourrai.

Jevan eut un sourire crispé.

— Rares seront ceux qui le feront. Il s'était fait haïr. Et, depuis sa mort, on craint même de s'approcher de son cadavre.

— Au moins se trouve-t-il quelqu'un avec lui, à cette heure, dit Frevisse.

Jevan haussa les épaules.

— Je doute que des prières contribuent à son salut. Si jamais quelqu'un a été envoyé directement en enfer, c'est bien sir Clement. Mais il était sensible aux usages. Quand il y trouvait son intérêt. Ma présence près de lui en ces instants est la dernière chose qu'il puisse me demander.

Il parlait d'une voix hachée, comme s'il lui était difficile de suivre jusqu'au bout une pensée. Sur son visage au teint hâve, on voyait plus de lassitude que de chagrin, décida Frevisse.

— Mais vous pouvez vous reposer, maintenant,

n'est-il pas vrai ? intervint le père Philip. Je crois que vous en avez assez fait pour aujourd'hui.

— Il me faut trouver Guy. Lui aussi devrait être ici. Au moins par respect des convenances. Il est l'héritier de sir Clement.

— Et vous ? demanda Frevisse.

Lui aussi neveu de sir Clement, Jevan avait sans aucun doute droit à quelque chose.

Il essaya de sourire, sans autre résultat que de creuser encore les plis amers autour de sa bouche.

— Je ne vaux pas mieux que le chien de sir Clement. S'il avait pu en décider, on m'aurait coupé la gorge et enterré à ses pieds. Cela lui aurait procuré une plus grande satisfaction que mes prières.

Il était trop fatigué pour faire semblant, se dit Frevisse, ou pour avoir les idées claires. Pour l'heure, il lui fallait manger, se reposer et oublier le choc qu'il avait subi. Comme il s'inclinait et s'apprêtait à se retirer, elle dit :

— Si vous rencontrez Robert Fenner, et que sir Walter ne soit pas dans les parages — Jevan comprendrait —, dites-lui, s'il vous plaît, que je serais heureuse d'avoir une occasion de l'entretenir une fois encore avant son départ.

— Je n'y manquerai pas.

Il les salua de nouveau et se retira.

— Si vous voulez bien me permettre, dit le père Philip en s'inclinant à son tour. Je vais l'accompagner. Je désire m'assurer qu'il mangera et dormira cette nuit, plutôt que de revenir ici pour prier.

— Il n'avait nulle affection pour sir Clement et son comportement est doublement méritoire, remarqua Frevisse.

— Ce qui n'en est pas moins fatigant. Se conformer à son devoir est autrement plus éprouvant qu'être fidèle à ses affections.

— Et le mérite en est d'autant plus grand.

— Certes, acquiesça le père Philip. Mes sœurs, avec votre permission.

Il s'inclina et les quitta.

Frevisse s'adressa à sœur Perpetua qui se tenait silencieuse à ses côtés.

— Je suppose que nous devrions rejoindre tante Matilda.

Pour elle, en cette occasion, le devoir et l'affection relevaient du même sentiment douloureux ; elle eût aimé qu'on lui *demandât* fermement d'aller souper, puis de se coucher — et c'en aurait été fini de cette journée !

Mais personne ne semblait sur le point de le faire. Résignée, elle se dirigea vers le parloir de sa tante.

Elles rencontrèrent Robert Fenner au pied de l'escalier.

— Jevan m'a prévenu que vous désiriez me voir, dit-il, sans autres salutations qu'une brève inclinaison de la tête, assortie d'un regard par-dessus l'épaule, en direction de la grand-salle. Sir Walter n'est guère heureux de devoir rester en compagnie de ceux de la grand-salle. Il espérait avoir l'occasion de parler à monseigneur le duc de Suffolk.

Son ton traduisait autant l'arrogance de sir Walter que le ridicule de son souhait.

— Ce plaisir lui étant refusé, il se venge de son mieux sur son entourage, conclut Frevisse.

— Comme toujours, confirma Robert. Aussi ne puis-je m'absenter longtemps.

Sensible à l'allusion, Frevisse lui parla sans ambages :

— Que savez-vous des rapports du père Philip avec sir Clement ?

— Le prêtre ? Le prêtre de la maison de votre oncle ? Rien.

— On dit que son père était un serf du père de sir Clement. Basing était son nom, il me semble.

— Ah !

Robert hocha la tête.

— Je sais ce qu'on raconte à ce propos. Basing a acheté sa liberté avec l'argent de sa femme. Puis il s'est peu à peu enrichi, suffisamment pour procurer aux fils qu'il avait eus d'elle des charges très supérieures à leur condition de serf.

— Des fils ? demanda Frevisse.

— Deux, si je ne me trompe. Le prêtre et un autre. Je ne sais pas ce qu'il en est du second, mais je me rappelle avoir entendu dire que sir Clement aimait proclamer que le rachat du servage n'était pas valide et que le père et les fils étaient toujours sa propriété.

— Le père est-il toujours en vie ?

— Je pense que non.

— Mais les deux fils, oui ?

— Je suppose. Je n'ai pas entendu le contraire.

— Quelle valeur faut-il attribuer à cette affirmation de sir Clement ?

— Probablement aucune, sinon, il serait allé devant les tribunaux, j'imagine. À moins qu'il n'eût plus de plaisir à en agiter la menace au-dessus de la tête des fils, leur promettant de passer aux actes quand il le déciderait, tout en s'amusant, entre-temps, de leurs tourments...

— Un personnage des plus déplaisants.

— Sachez seulement ce qu'il a fait subir à Jevan et vous en serez convaincue.

— Que lui a-t-il fait ?

— Tout pour s'opposer à lui quand il aurait dû le laisser tranquille et rien quand il aurait fallu l'aider. La sœur de sir Clement avait contracté un mariage qui, à l'entendre, ne correspondait pas à ce qu'elle pouvait espérer, et sans tenir aucun compte de ses volontés. Tout se serait passé pour le mieux si son mari avait vécu assez longtemps pour faire fructifier son petit héritage. On s'entend à dire qu'il était intelligent et capable et il semblait pouvoir devenir un marchand de laine compétent. Mais il est mort alors que tout son bien était placé dans des investissements complexes, qui auraient requis sa plus experte attention et, lui disparu, tout compte fait il ne resta pas grand-chose. Son épouse lui survécut peu de temps et sir Clement jeta le grappin sur Jevan. Des parents, du côté de son père, auraient été heureux de s'occuper de lui, mais sir Clement pouvait se targuer de son rang et de son pouvoir et, depuis, il a toujours considéré Jevan comme un domestique, pour lui faire payer le prétendu péché de sa mère, qui s'était mariée contre ses volontés.

— Il n'en demeure pas moins le neveu de sir Clement. Il héritera de quelque chose, certainement.

Robert secoua la tête.

— L'héritage ne peut se transmettre que par la branche masculine. Tout revient à Guy parce que son grand-père était le frère du père de sir Clement, si je me souviens bien. Sir Clement mettait un malin plaisir à rappeler à Jevan qu'il ne devait rien espérer.

— Dieu est trop bon, il n'aurait pas dû attendre si longtemps pour châtier sir Clement, lâcha Frevisse, avant de se signer à la hâte.

« Qu'Il me pardonne. »

Sœur Perpetua se signa, elle aussi, mais Robert déclara :

— Vous n'êtes pas la première à parler ainsi, et je ne doute point que vous ne serez pas la dernière.

— Moi qui l'ai vu mourir, dit Frevisse, je ferais peut-être mieux de surveiller mes propos.

Ce disant, son esprit commençait à voir se dessiner le début d'une piste.

— Ainsi donc, Guy est une manière de cousin de sir Clement, non pas un neveu. Et il est aussi cousin de Jevan. Fera-t-il preuve de plus d'équité envers lui que sir Clement ?

— Je crois savoir qu'il le méprise pour son comportement servile, et peu importe si Jevan n'a guère eu le choix. Jevan n'a rien à espérer de lui. Non plus que de l'autre côté.

— L'autre côté ?

Robert sourit tristement, comme si lui revenaient des souvenirs personnels.

— Lady Anne, la pupille de sir Clement. Jevan ne l'a jamais avoué, mais il suffit de l'observer pour savoir qu'il en est épris. Je doute qu'elle le sache. Entre son amour pour Guy et la crainte qui était sienne que sir Clement l'épousât, elle n'a guère eu le loisir de songer à d'autres galants. Tout est fini maintenant, Dieu merci, et elle et Guy seront libres de se marier, j'imagine. Ce pauvre Jevan perd tout, mais c'est une union plutôt réussie, il est vrai — par le rang, la fortune et l'affection.

Frevisse se souvint de la conversation qu'elle avait surprise et de ce qu'elle avait vu la veille, quand ces trois-là étaient réunis.

— Ainsi, la mort de sir Clement est au moins une aubaine pour lady Anne et Guy, fit-elle remarquer d'une voix empreinte de douceur.

— Et pour beaucoup d'autres, renchérit Robert. Mettre autrui dans l'embarras était son grand plaisir. Bien, ma mère, je dois m'en retourner, ou c'est moi qui aurai des problèmes, et sir Clement n'y sera pour rien.

— Hâtez-vous. Je suis désolée de vous avoir retenu si longtemps. Et merci.

— Tout à votre service.

Il sourit de nouveau. Frevisse se rappela la dernière fois qu'elle l'avait vu sourire pour de bon, et cela ne ressemblait en rien à ce moment.

— Priez pour moi, ma mère.

Frevisse, qui touchait rarement les gens, lui prit le bras quelques instants, le regardant droit dans les yeux pour qu'il prît pleine conscience de ses paroles :

— Chaque jour que Dieu fait, qu'Il soit avec vous, Robert, quoi qu'il advienne.

Il s'inclina trop vite pour qu'elle pût remarquer son expression, mit sa main dans la sienne et la baisa avant de faire volte-face et de s'éloigner sans plus lever les yeux sur elle.

— Je prierai aussi pour lui, dit sœur Perpetua, rompant le silence qui avait suivi.

Frevisse approuva de la tête.

— Il en a besoin.

— Comme il en va de nous tous.

L'assurance tranquille de sœur Perpetua donna à ces paroles, qui auraient pu passer pour une platitude, une résonance qui témoignait de leur justesse.

Frevisse fut saisie d'un brusque sentiment de reconnaissance pour la présence calme et fidèle de sa compagne.

CHAPITRE XI

Sœur Perpetua quitta Frevisse à la porte du parloir.

— Ma présence n'est pas nécessaire et je ne désire pas entrer. J'aimerais aller me coucher, si vous le permettez.

Frevisse, qui aurait bien voulu l'accompagner, lui confia son paquet. Au toucher, elle avait deviné qu'il contenait un livre et elle était curieuse de savoir ce que Chaucer avait tenu à lui offrir. Cependant, pour l'ouvrir, elle voulait trouver un meilleur moment et un endroit plus propice et elle ne désirait pas non plus attirer l'attention en l'emportant au parloir. Elle inspira profondément et entra.

Il y avait encore plus de monde que le soir de son arrivée et, comme alors, la plupart des visages lui étaient étrangers. Tante Matilda et l'évêque Beaufort étaient assis près de la cheminée, Alice à côté de sa mère et son mari, Suffolk, près de l'évêque, et tous s'entretenaient à voix basse avec divers invités. Maître Gallard, hésitant sur le pas de la porte, s'inclina et lui glissa, sur un ton encore plus bas que le murmure général de la conversation :

— Ma mère, votre tante vous a fait demander. Allez-vous la rejoindre sans plus attendre ?

Les yeux modestement baissés, Frevisse se faufila

parmi la foule, le long de la salle. Elle surprit des conversations d'ordre général, sur le temps humide et la maigreur des récoltes, la nouvelle coupe des manches des houppelandes, une partie d'une anecdote sur Chaucer et un commentaire laudatif sur son gendre, Suffolk. Une seule fois, elle entendit quelqu'un évoquer la mort, avant que son interlocuteur ne l'interrompe en la désignant d'un hochement de tête, aussi ne fut-elle pas sûre de l'identité du mort dont il avait parlé. Au moins ici, apparemment, quand elle passait à portée de voix, la politesse semblait retenir les gens d'évoquer sir Clement avec trop de passion et elle rejoignit sa tante sans avoir été entraînée dans aucune discussion.

Matilda, toute pâle de chagrin, lui tendit la main et l'attira vers elle pour lui embrasser la joue.

— Merci, ma chère, de venir me consoler, je sais que pour vous aussi la journée a été pénible.

Frevisse garda affectueusement sa main dans la sienne.

— Puis-je vous aider de quelque manière ?

Matilda la fit se rapprocher pour lui chuchoter à l'oreille :

— Trouvez le moyen d'en finir rapidement avec tout cela.

Ce disant, elle sourit faiblement, car toutes deux n'ignoraient pas qu'après la journée la soirée devrait suivre son cours. Le lendemain, les derniers visiteurs partiraient et chacun dans la famille pourrait enfin vivre le deuil dans l'intimité. Entre-temps, il fallait supporter courtoisement les obligations qu'imposait l'hospitalité. Frevisse pressa sa main avec chaleur et se plaça derrière elle, près d'Alice, se joignant à la foule ininterrompue de tous ceux venus faire part de leurs condoléances et dire quelques mots à la famille endeuillée. Elle n'accorda pas même un regard à l'évêque Beaufort.

Dans l'entourage immédiat de la veuve, ce n'étaient que paroles aimables sur Chaucer et souvenirs émus des temps heureux qu'elle avait partagés avec lui. Pourtant, d'où elle se tenait, Frevisse remarquait parfois un geste énervé de la main ou un mouvement de tête scandalisé, accompagnés de regards gênés mais véhéments et furtifs.

Elle n'en attendait pas moins. Devant les yeux de tous, un homme qui avait mis Dieu au défi de le juger avait reçu son dû. Et, comme il s'agissait d'un homme qui méritait sans conteste la mort horrible qui lui avait été infligée, on pouvait se permettre de manifester son excitation, plus que sa crainte, et se laisser aller à justifier les actes surnaturels dont était capable le Tout-Puissant.

Le regard de Frevisse effleura le profil de l'évêque Beaufort, à la gauche d'Alice. Sa voix et ses gestes mesurés s'accordaient on ne peut mieux avec les circonstances et il y ajoutait ce qu'il fallait de dignité et de chagrin. À l'observer, on eût pu croire qu'il ne se préoccupait que de réconforter la famille et de se montrer aimable avec ses hôtes.

Mais Frevisse n'était pas dupe. Toute sa vie, il s'était battu pour faire son chemin à la Cour, en dépit des chausse-trapes de toutes sortes. Plus que les autres, il devait avoir une conscience aiguë des événements dans lesquels il était impliqué et une vision plus profonde que celle dont la plupart se seraient contentés.

Pour son oncle, l'évêque Beaufort n'avait pas seulement été son cousin, mais un ami très cher. Ce n'était pas par leurs talents mais par leurs ambitions qu'ils se différenciaient. Chaucer, qui savait quel prix elle y attacherait, avait demandé à Beaufort de lui rapporter les derniers mots qu'il lui destinait. Or jamais personne n'avait autant mérité sa confiance que Chaucer, et celui-ci s'en était remis à Beaufort.

Certes, l'évêque n'avait pas tort de trouver étrange la mort de sir Clement. Dieu n'avait que l'embarras du choix pour prendre une vie et il était devenu si commun de voir l'expression de sa volonté dans nombre de morts inexpliquées ou soudaines qu'au fil des siècles les instances ecclésiastiques avaient été obligées de préciser que toutes n'étaient pas de son fait. Cependant, la question demeurait : pourquoi cette mort avait-elle était infligée de cette manière ? Car il n'y avait pas seulement la difficulté à respirer, le visage défiguré par les marques rouges, dont se couvraient aussi les bras, et l'étouffement final, pourquoi y avait-il eu cet étrange répit avant la fin ? À croire que Dieu s'était d'abord contenté de donner un coup de semonce, puis, sir Clement ignorant son avertissement et ne montrant aucun signe de compréhension ou de repentir, qu'il avait porté le coup fatal.

Était-ce le sens qu'il fallait donner à cet événement ? Dieu était-il intervenu ici, à Ewelme, devant des gens en si grand nombre, pour que cela serve d'exemple à d'autres pécheurs ? Mais la plupart de ceux qui avaient été témoins de l'avertissement initial n'avaient pas assisté à la mort de sir Clement, ce qui diminuait la valeur de l'exemple, si tant est qu'il y eût volonté d'en faire un.

Un mouvement de foule près de la porte lui fit lever les yeux. Le père Philip fit son entrée. Il s'immobilisa aussitôt pour s'entretenir seul à seul avec maître Gallard et elle remarqua que le petit homme, chaque fois que le prêtre lui disait quelque chose, hochait plusieurs fois du chef avant de répondre. Finalement, le père

Philip secoua la tête, toucha l'épaule de l'huissier, d'un geste qui se voulait rassurant, et s'en fut.

Quand Frevisse lança un coup d'œil vers l'évêque Beaufort, elle le surprit en train de détourner les yeux de la porte. À son visage inexpressif on eût pu croire qu'il n'avait rien noté d'intéressant, sauf que son regard glissa dans sa direction et rencontra le sien, comme s'il se demandait si elle aussi avait remarqué ce qu'il observait; Beaufort répondait alors au comte de Suffolk et il était impossible d'imaginer qu'il n'était pas entièrement à ce qu'il disait.

Derrière lui, plus loin dans la salle, Frevisse découvrit le médecin qui avait assisté aux derniers instants de sir Clement. Soudain désireuse de ne plus s'en remettre à de vaines spéculations, elle quitta subrepticement Matilda et Alice et traversa la foule dans sa direction. Comme elle approchait, il s'éloigna pour aller discuter avec un autre homme, mais elle le suivit tout à l'extrémité de la salle et demeura non loin d'eux, baissant modestement la tête, les mains croisées dans ses manches, patiente, sûre qu'il ne manquerait pas de comprendre qu'elle était désireuse de s'entretenir avec lui.

Cependant, alors qu'elle les entendait parler du temps et exprimer leur soulagement, maintenant qu'il n'y avait plus de risque de peste étant donné le froid qui régnait, son nom lui revint et, au moment où il se détournait de son interlocuteur pour lui faire face, elle prit les devants :

— Maître Broun, je me demandais si je pourrais vous parler de...

D'un geste il l'interrompit, lui signifiant qu'il l'avait reconnue.

— Vous êtes la nièce de maître Chaucer ! Pardonnez-moi de ne pas m'en être avisé plus tôt. Bien sûr.

Bien sûr. Vous ne pouviez interroger votre tante à ce propos, n'est-il pas vrai ? Je vous prie de nous excuser, ajouta-t-il à l'adresse de l'autre homme qui s'inclina et s'écarta, leur procurant ce qui pouvait passer pour un moment d'intimité au milieu de toute cette presse.

Maître Broun se pencha plus près et baissa la voix, comme s'il consultait.

— Oui, vous êtes curieuse d'apprendre comment les choses se sont passées avec votre oncle. Cela est allé progressivement. Il a eu le temps de se préparer tandis que nous tentions tout ce qui était en notre pouvoir, mais hélas...

Il tendit ses mains blanches et soignées, résigné.

— ... Dieu n'avait pas décidé de le laisser vivre. Sa fin a été paisible, toutefois. Très paisible.

Elle crut entendre tante Matilda. Elle n'avait eu de cesse de répéter que ses derniers moments avaient été paisibles, comme pour se rassurer, elle plus que les autres, et Frevisse s'était retenue de demander des détails qui auraient pu troubler sa tante. Elle sut profiter de l'occasion inespérée qui se présentait.

— Sa maladie était-elle douloureuse ?

— Non. Ce ne fut jamais douloureux, sauf pendant quelque temps quand il ne pouvait garder aucune nourriture, mais cela s'est calmé à mesure que ses forces diminuaient. Vous savez qu'il est tombé malade au début de l'été ? Les troubles se sont manifestés par une perte de poids inexplicable. Il paraissait en bonne santé mais, quoi qu'il mangeât, il maigrissait. Nous lui avons alors donné toutes sortes de remèdes qui auraient pu l'aider.

Il secoua la tête, montrant le front soucieux de l'homme de science plein de regrets.

— En dépit de tout ce que nous avons fait, rien n'a pu rééquilibrer ses humeurs.

S'il ressemblait à ceux de ses confrères que Frevisse avait rencontrés, il allait s'étendre en détail sur les tempéraments bilieux ou sanguins, sans oublier le cours des étoiles, avant de devoir benoîtement avouer que Chaucer était mort, en dépit de tout son art. Pour couper court, elle dit :

— C'était donc un mal inéluctable, non pas douloureux dans l'ensemble, mais qui ne laissait pas d'espoir.

— Vers la fin de l'automne, nous n'en avions plus. Dès lors, ce n'était qu'une question de temps.

De nouveau, il tendit les mains en signe d'impuissance face au destin.

— Un cas peu banal, mais déjà connu.

— Et l'homme qui est décédé aujourd'hui, sir Clement Sharpe ? Que lui est-il arrivé ?

Le médecin en fut tout déconcerté et la regarda d'un air absent. Il pensa enfin à refermer la bouche, juste avant de prononcer des paroles plutôt sévères :

— Vous vous trouviez dans la salle, me semble-t-il. Oui, vous l'avez vu. Il a pris Dieu à témoin de la véracité de ses propos et Dieu l'a puni de ses mensonges. Et vous étiez dans la chambre du prêtre quand il est mort, vous avez *vu* comment il est mort.

— Mais il n'a pas simplement cessé de vivre, insista Frevisse. Ce n'était pas aussi simple. J'ai vu quelles souffrances il a endurées...

— Certes.

Maître Broun commençait à se sentir offensé.

Frevisse adopta un ton plus modéré et demanda humblement :

— C'était si effrayant. Je n'ai pu regarder. Il ne s'est pas étouffé en mangeant ou n'a pas avalé son vin de travers ? Il est si terrible de penser que le Seigneur ait pu le châtier de cette manière. Je continue à espérer qu'il s'agissait d'autre chose, et si c'était le cas, vous êtes seul susceptible de le savoir.

Cet appel conjugué à son humanité et à ses connaissances fut suffisamment flatteur pour que le médecin veuille bien considérer la question.

— Bien sûr, j'ai aussitôt cherché l'origine de son mal, répondit-il avec toute la gravité requise, mais rien ne permettait d'en deviner la cause. On aurait dit que toutes ses humeurs s'étaient brusquement retournées contre lui.

— Il semblait avoir quelque chose dans la gorge.

— C'est ce que j'ai regardé en premier, bien sûr, mais ce n'était pas *dans* sa gorge, c'était sa gorge elle-même. Un spasme long et violent de toutes les chairs a provoqué un écoulement de fluides et l'apparition d'un gonflement qui entravait la respiration.

Une gêne capable de provoquer la mort, ne put s'empêcher de songer Frevisse, mais c'est de la même voix douce et curieuse qu'elle demanda :

— Que pensez-vous de ces terribles marques qu'il avait sur tout le visage, de cette rougeur et des démangeaisons qui ont paru le faire souffrir presque autant que sa respiration ? Cela n'avait rien à voir avec les contractions de sa gorge, n'est-ce pas ?

Maître Broun remua, mal à son aise, avant de déclarer :

— Cela n'avait pas de rapport avec ses douleurs à la gorge. Je crois que ces manifestations étaient la conséquence de son désarroi et de l'imminence de la mort.

— Les douleurs de l'agonie ont provoqué l'apparition de marques et de démangeaisons ?

Sur tous les mourants qu'elle avait pu voir, ou dont on lui avait parlé, on n'avait jamais rien remarqué de la sorte.

Maître Broun garda un moment le silence, plus embarrassé que vexé, et finit par avouer, d'un ton beaucoup plus confidentiel :

— Cela n'avait pas de rapport direct avec ses douleurs à la gorge. J'en suis certain. Mais n'avez-vous pas remarqué la forme des traces sur son visage, comme si elles étaient l'œuvre d'une main ouverte ? Une main plus grande qu'une main humaine, capable de frapper et de laisser une telle empreinte ?

Frevisse hésita. Elle ne pouvait se souvenir de la forme des marques sur le visage de sir Clement, mais elle s'était trouvée beaucoup plus loin du mourant que maître Broun. Quelqu'un d'autre les avait-il remarquées ? Elle laissa momentanément la question en suspens et demanda :

— Comment expliquez-vous que sa respiration se soit améliorée de cette façon ? Il respirait bien mieux quand je suis entrée.

Le médecin se sentit sur un terrain plus favorable.

— Vous avez là une autre preuve de l'intervention divine. Rien ne peut expliquer ce répit momentané, hormis la pitié de Dieu, qui lui offrait l'occasion de se repentir. Comme il s'y est refusé, sa vie et son âme lui ont été ôtées, vous en avez été témoin.

Maître Broun se signa, imité par Frevisse, mais, ce faisant, elle dit :

— Il a bu quelque chose juste avant cette dernière crise.

— Du vin. Un peu de vin.

— Cela n'a pas provoqué d'étouffement ? Sa gorge n'était pas encore trop contractée ?

— Auquel cas, je lui aurais interdit de boire.

Maître Broun retrouva ses airs hautains.

— Non, sir Clement ne s'est pas étouffé à cause du vin ou de quelque autre substance. Simplement, Dieu a manifesté sa volonté et cela dépasse notre entendement.

Il tendit les mains, pour mieux souligner qu'il était impuissant devant un tel pouvoir.

— Les voies de Dieu nous demeurent impénétrables.

CHAPITRE XII

Cette nuit-là, dans l'état d'épuisement qui était le sien, Frevisse avait cru qu'elle dormirait comme une pierre, mais son sommeil fut léger et intermittent et rarement assez profond pour laisser place au rêve ou suffisamment long pour lui procurer du repos. L'agitation de sa voisine ne troubla pas le moins du monde sœur Perpetua. Cependant, chacune avait promis à l'autre de la réveiller pour réciter matines si elle estimait le moment venu et qu'elle ne dormait pas. À chacun de ses réveils, Frevisse n'aurait su dire s'il était ou non minuit, pourtant, la dernière fois, elle devina que c'était la bonne et elle tira doucement sœur Perpetua de son sommeil. Ensemble, elles récitèrent les nombreux psaumes de cette partie de l'office, leur doux murmure se détachant à peine des bruits de respiration des autres dormeurs et des ronflements de Joan.

Quand elles eurent fini, sœur Perpetua s'allongea, se tourna de son côté et se rendormit aussitôt. Pour Frevisse, toujours préoccupée par les questions qu'elle se posait, le sommeil fut tardif et, au matin, elle n'était ni plus satisfaite ni plus avancée que lorsqu'elle s'était couchée — et elle ne se sentait pas moins fatiguée.

Tante Matilda avait fini par donner libre cours à son chagrin. Elle s'éveilla et, selon son habitude, alla s'agenouiller pour la prière matinale. Cependant, alors que ce geste aurait dû la réconforter, elle s'effondra sur son livre de prières en sanglotant. Tout d'abord, les autres femmes la laissèrent pleurer; elle en avait grand besoin et les larmes ne lui feraient pas de mal. Mais cela n'en finissait pas, et les choses empirèrent jusqu'au moment où elle se cramponna au prie-Dieu, véritablement au supplice et incapable de se dominer.

Alors que Frevisse ne savait trop comment réagir, Alice, ignorant la robe que lui présentait sa chambrière, s'approcha de sa mère. Elle lui prit doucement les épaules et l'aida à se remettre debout puis, sans s'encombrer de mots, entreprit de la reconduire vers son lit. Tante Matilda, les traits bouleversés et ravagés par les larmes, s'agrippa à sa fille et continua à sangloter désespérément.

Ce fut si long de la calmer que Frevisse ne put quitter la chambre avant un bon moment. On avait pensé à elle pour tenir compagnie à sa tante et à Alice au moment où, dans la grand-salle, elles feraient leurs adieux à leurs hôtes. Puis Suffolk avait été prévenu que cela relevait de ses obligations, ce qui se comprenait puisqu'il était maintenant le maître d'Ewelme. En outre, Alice voulant demeurer avec sa mère, il n'y avait aucune raison pour que Frevisse se joignît à lui.

Personne ne leur posa de questions quand, avec sœur Perpetua, elles se retirèrent, comme la veille, pour dire prime dans le parloir. Quand elles eurent fini, elle demanda à sa compagne :

— Pourriez-vous m'aider en une certaine affaire ?

Sœur Perpetua, qui lissait sa robe pour en effacer les plis, leva les yeux.

— Si je le puis, répondit-elle. De quoi s'agit-il?

— De la mort de sir Clement.

Le visage de sœur Perpetua trahit le malaise que lui

causaient les doutes exprimés par l'évêque Beaufort et c'est d'une voix moins confiante qu'elle s'enquit :

— Qu'attendez-vous de moi ?

— Si ce n'est pas Dieu qui a tué sir Clement, il a sans aucun doute été empoisonné. J'ai besoin de savoir quelle sorte de poison on a pu utiliser.

— Mais sir Clement a partagé chacun de ses plats, tout comme nous ! Ainsi que son gobelet...

Sœur Perpetua venait de mettre le doigt sur les objections que Frevisse avait envisagées.

— Comment aurait-on pu l'empoisonner, et lui seul ?

— Si nous découvrons la nature du poison, peut-être le saurons-nous. Il est possible que nous trouvions une réponse parmi les nombreux livres de mon oncle. M'aiderez-vous à chercher ?

Le froncement apparu entre les sourcils de sœur Perpetua disparut. Les livres étaient sa passion en ce bas monde et on n'en trouvait guère à Sainte-Frideswide. Cependant, elle refréna son enthousiasme et, en dépit d'une lueur soudaine dans les yeux, c'est d'un ton posé qu'elle répondit :

— Oui, certainement, je vous aiderai de mon mieux.

Dans l'intérêt de ses propres affaires, Chaucer avait estimé préférable de s'écarter autant que possible des soucis domestiques de son épouse, aussi, la pièce où il s'occupait de ses entreprises commerciales ou autres se situait à l'extrémité de l'alignement de bâtiments qui constituait Ewelme. Tandis qu'elles s'y rendaient, Frevisse expliqua ce qu'elle voulait.

— J'ai parlé avec le médecin. D'après lui, sir Clement est mort à la suite d'un spasme de la gorge et d'un écoulement de fluides. Sa gorge s'est contractée et il s'est étouffé.

Sœur Perpetua émit un petit bruit, signe de son désarroi. Il était normal qu'elle fût bouleversée à la seule pensée de cette mort, mais c'était aussi une femme lucide; plutôt que de la maintenir dans l'ignorance, il valait mieux lui en dire le plus possible, elle se montrerait d'autant plus utile.

— Mais il y a autre chose que sa mort, poursuivit Frevisse. Vous l'avez vu étouffer dans la grand-salle, mais moi, un peu plus tard, quand je l'ai observé dans la chambre du père Philip, il se portait tellement mieux que j'ai cru qu'il allait vivre.

— Pardon? demanda sœur Perpetua, incrédule.

— La contraction avait tellement diminué qu'il pouvait s'asseoir et était capable de dire quelques mots et même de boire un peu de vin.

— À ce point?

— Sauf que son visage s'était couvert de marques rouges, ainsi que son cou et ses bras, et les démangeaisons qu'elles provoquaient le mettaient au supplice.

Délibérément, Frevisse ne mentionna pas l'opinion de maître Broun selon laquelle les marques avaient la forme d'une main ouverte. Elle voulait connaître l'avis d'un tiers à ce propos et ne désirait pas distraire sœur Perpetua en lui apprenant un fait dont elle n'était pas certaine.

— À peine avait-il bu du vin qu'il a de nouveau suffoqué et qu'il est mort. On a juste eu le temps de lui donner les derniers sacrements.

— Que Dieu ai pitié de lui. Vous pensez que le vin était empoisonné?

— Je l'ignore. C'est bien ce qui m'ennuie. Je ne connais rien qui aurait pu infliger à sir Clement le genre de mort qui a été la sienne. J'espère trouver une réponse dans la bibliothèque de mon oncle... quelque chose à propos de poisons provoquant les mêmes symptômes. La contraction mortelle de la gorge, les marques rouges et les démangeaisons insupportables.

Sœur Perpetua réfléchit un moment.

— Oh, mon Dieu ! finit-elle par dire d'une voix très douce.

Elle demeura pensive encore quelques instants et demanda :

— Vous pensez donc que Son Excellence pourrait être dans le vrai et que le père Philip aurait effectivement assassiné sir Clement ?

— Je ne sais encore trop quoi penser. Mais je commence à m'interroger : pourquoi Dieu voudrait-il tuer un homme avec tant de raffinements, au lieu de le faire de manière plus directe, simplement, dans la grand-salle, sous les yeux de tous ?

— Mère Frevisse ! Vous mettez en cause la volonté de Dieu ? Même si vous obéissez aux ordres d'un cardinal-évêque, c'est extrêmement périlleux ! Comment pouvez-vous... ?

Sœur Perpetua se mit à agiter les mains, traduisant le terrible embarras qu'il y avait à se retrouver prisonnière entre la volonté divine et les ordres d'un prince de l'Église.

— Je sais. Mais supposons qu'il ne s'agissait *pas* de la volonté divine ? Que l'évêque Beaufort ait raison et que cet acte soit dû à la main de l'homme ? Ou que Dieu ait réellement châtié sir Clement, dans la grand-salle, non pas pour le tuer mais seulement pour l'avertir, et que quelqu'un en ait profité pour l'empoisonner ?

— Dieu ne manquerait pas de châtier à son tour quiconque aurait osé agir de la sorte ! Ce serait blasphémer !

Frevisse se retint de dire que Dieu, ces jours-là, ne se montrait guère enclin à punir les blasphémateurs.

Comme d'autres pécheurs, ils semblaient prospérer beaucoup plus longtemps qu'ils ne le méritaient. Au lieu de quoi, elle répondit :

— Rien ne me ferait plus plaisir que de lui confier la résolution de cette affaire. Mais l'évêque Beaufort en a décidé autrement. Sœur Perpetua, c'est à moi que cela incombe, pas à vous. Si vous préférez rester en dehors de tout cela, vous en avez le droit et je comprendrai.

Sœur Perpetua se raidit, le visage déterminé, les mains bien enfoncées dans ses manches.

— Non. Vous avez demandé mon aide et je vous la donnerai volontiers, et prierai aussi pour notre bien. En outre, j'estime qu'il n'y a rien de blasphématoire dans ce que nous faisons, puisque nous cherchons seulement à comprendre plus clairement la volonté de Dieu, pour sa plus grande gloire et notre salut. Enfin, je désire voir les livres de votre oncle.

Frevisse avait craint de trouver la pièce fermée à clef, mais la poignée répondit à son geste et la porte s'ouvrit sans difficulté. C'est avec des émotions partagées, qu'elle n'essaya pas d'expliquer, qu'elle se tint sur le seuil du lieu qui, pour elle, représentait le cœur d'Ewelme.

La pièce, étroite, était tout en longueur et, malgré les années qui s'étaient écoulées depuis qu'elle l'avait vue pour la dernière fois, son mobilier lui était resté familier. Elle se souvint de Chaucer, amusé, lançant à son épouse toujours prête à y apporter des aménagements : « Dès le début, je l'ai meublée en fonction de mes goûts et de mes besoins. Pourquoi changer, quand j'en suis encore satisfait ? N'y touchons plus. »

Son bureau était placé de façon à capter le meilleur de la lumière provenant des fenêtres aux larges banquettes, où Frevisse avait passé maintes heures à lire, oublieuse de ses devoirs et pleinement heureuse. En plus de ceux, innombrables, qu'il avait hérités de son père, Chaucer avait amassé des livres tout au long de sa vie. Il y avait bien longtemps qu'on ne pouvait plus les ranger sagement dans un coffre. Un mur entier était occupé par des armoires qui leur étaient destinées, où ils étaient à l'abri derrière des portes et d'un accès facile aussi. Pourtant, on en trouvait toujours éparpillés dans la pièce et Frevisse avait pu lire à son gré, Chaucer n'aimant rien tant que discuter, expliquer ou argumenter à perdre haleine des choses qui l'avaient intriguée ou intéressée.

Dans ce lieu, en sa compagnie, elle avait joui d'une liberté qu'elle n'avait nulle part trouvée dans la vie, si ce n'est dans l'amour de Dieu.

Une silhouette qui ne lui était pas inconnue se redressa au-dessus du coffre sur laquelle elle se penchait. Maître Lionel, le secrétaire de son oncle. Frevisse se félicita de l'avoir croisé plusieurs fois ces derniers jours, aussi ne s'étonna-t-elle pas de lui voir des cheveux blancs, les épaules voûtées et le visage ridé. Du temps qu'elle habitait au manoir, c'était un homme d'âge mûr ; maintenant, c'était un vieillard. Avant de parler, il l'observa au travers des épaisses besicles posées sur son nez, que maintenaient des lanières de cuir accrochées à ses oreilles.

— Frevisse, vous revoilà, dit-il, comme si elle l'avait quitté il y avait de cela quelques heures et qu'il n'était pas plus heureux de la voir qu'auparavant.

Il n'avait jamais approuvé le temps que Chaucer avait consacré à sa nièce, aux dépens des affaires, qui seules comptaient dans l'existence de maître Lionel.

— *Mère* Frevisse, se reprit-il.

Et d'ajouter :

— Il est parti, vous savez. Il n'est pas là.

— Je sais.

Très surprise, Frevisse répondit avec une gentillesse instinctive. Son oncle n'avait guère mentionné maître Lionel lors des dernières et rares visites qu'il lui avait rendues. En cet instant, elle le regretta, car son changement n'était pas seulement d'ordre physique.

— Mais, puis-je entrer ? Il m'accueillait toujours avec plaisir.

Maître Lionel parcourut la pièce des yeux, comme s'il cherchait un prétexte pour refuser, prétexte qu'il ne doutait pas de trouver là même.

— Que désirez-vous ? Il n'est plus.

— Mon amie n'a jamais vu ses livres. Je voulais les lui montrer.

— C'est bon, maître Lionel. Il n'y aura aucun problème.

Comme son attention était concentrée sur le vieux clerc, Frevisse n'avait pas remarqué la présence du père Philip, debout dans l'obscurité d'un recoin de la pièce et en partie dissimulé derrière une porte d'armoire ouverte. Il abandonna ses étagères, sans cesser de parler au secrétaire.

— Poursuivez donc votre travail. Je m'occuperai d'elles. Maître Chaucer les aurait bien accueillies, voyez-vous. Ne devons-nous pas en faire autant, en son nom ?

Maître Lionel tourna la tête, son regard allant de Frevisse au prêtre, puis du prêtre à Frevisse. L'effort sembla le remplir de confusion. Il haussa les épaules.

— Comme vous voudrez.

Il se retourna vers le coffre et le père Philip leur fit signe d'entrer.

Se plaçant face aux étagères, il indiqua divers ouvrages, comme s'il en parlait, et dit, rapidement et à voix basse :

— Il n'a plus tous ses esprits. Cela a commencé il y a deux ans environ, mais maître Chaucer, pour qu'il ne soit pas malheureux, lui a trouvé une occupation, puisqu'il se plaît ici.

— Il travaille encore ? demanda Frevisse.

— Non, mais il le croit. Il est censé ranger ces papiers dans ce coffre et faire la liste de toutes les affaires s'y rapportant. Mais ce ne sont que des brouillons, et cela n'a pas d'importance s'il occupe toute sa journée, chaque jour de la semaine, à tout ranger et déranger et à écrire des absurdités sur ce grand rouleau derrière lui, sans jamais avancer. Que puis-je pour vous ?

— Comme je disais, sœur Perpetua serait ravie de profiter de l'occasion pour parcourir les livres de mon oncle, et passer un peu de temps ici, éventuellement.

— Et vous-même, il ne vous déplairait pas de les revoir.

— C'était ma pièce préférée, avant que je n'entre à Sainte-Frideswide, répondit-elle.

Pour la première fois, elle se demanda ce qu'il avait appris d'elle par l'intermédiaire de son oncle et, s'agissant de la raison de leur visite, comment elles allaient pouvoir chercher s'il leur tenait compagnie.

Les livres étaient beaucoup plus nombreux que dans son souvenir ; bien sûr, Chaucer avait continué à en acquérir après son départ. Elle n'avait pas non plus la moindre idée de la façon dont ils étaient rangés. Chaucer n'aimait rien tant que refaire ses étagères et classer différemment ses trésors ; elle l'avait assez souvent aidé pour le savoir et il était donc impossible de deviner où trouver maintenant tel ou tel ouvrage. Beaucoup, après avoir quitté leur étagère, étaient restés posés au hasard ou empilés sans ordre dans la pièce. C'était ainsi que son oncle procédait, et, chose qu'elle appréciait beaucoup, c'était à elle qu'il revenait de trier les volumes et de les ranger quand le désordre devenait excessif. Il était donc inutile d'essayer de deviner où se cachait ce qu'elle cherchait et elle n'osait pas faire appel au père Philip.

Sœur Perpetua s'était déjà éloignée, ouvrant des armoires, en sortant des livres, et, ce faisant, elle leur parlait d'une voix aimante, murmurant des mots doux comme une mère à ses enfants. Pour elle, qui avait dû se contenter des neuf livres que possédait en tout et pour tout le prieuré, c'était jour de fête. Si on lui en donnait le temps, elle serait heureuse de lire chacun de ceux qu'on trouvait là. Il y avait notamment des ouvrages sur la santé, la médecine, les remèdes, la chirurgie même, dans lesquels elles auraient pu découvrir ce qui les intéressait. Mais le père Philip leur était une gêne. Il faudrait le distraire, ainsi seraient-elles libres, sœur Perpetua du moins, de fouiller en toute tranquillité.

Frevisse prit un livre au hasard sur une étagère derrière eux et demanda :

— Vous aussi êtes un amoureux des livres ?

— Je doute que Son Excellence l'évêque m'eût recommandé à maître Chaucer si je ne l'avais point été.

Frevisse sut se montrer favorablement impressionnée.

— Mon oncle avait mentionné la venue d'un nouveau prêtre au manoir, sans rien dire de particulier à votre propos. Cela fait-il longtemps que vous y êtes ?

— Trois années. Votre oncle était un homme qu'on se plaisait à servir.

— Mais qui ne manquait pas de vous provoquer, à l'occasion.

Comme si de rien n'était, Frevisse s'éloigna des étagères.

— Il était féru d'idées et aimait à en discuter avec d'autres gens de savoir.

Le père Philip la suivit.

— Ma foi, oui. Il me fallait faire bon usage de sa bibliothèque, ne serait-ce que pour me montrer à sa hauteur.

Il sourit à ce souvenir. Jamais auparavant Frevisse ne l'avait vu exprimer autant de chaleur.

— Il n'était pas enclin à rien accepter sans s'interroger.

— Il posait des questions sur à peu près tout, et exigeait des réponses, confirma Frevisse.

— « Pour apprendre la sagesse et la discipline, comprendre les paroles de bon sens, se soumettre à la doctrine, à la vertu, au destin et à... »

Le père Philip hésita sur la suite de la citation.

— « ... l'équité, continua Frevisse, pour donner aux enfants le jugement et, à ceux qui avancent en âge, astuce et entendement. » C'est tiré du premier chapitre des Proverbes [1].

De nouveau, elle s'était prise au jeu qu'elle avait si souvent pratiqué avec Chaucer — citer une autorité et mettre au défi son interlocuteur de l'identifier ou, mieux, de compléter la citation. Sans se soucier de savoir si cela convenait en telle compagnie, elle lança :

— Ainsi, le sage fait collection de proverbes, dit Salomon. Mais mon oncle et moi... et vous, si je ne m'abuse ?... nous collectionnons plutôt les livres.

Le père Philip approuva de la tête.

— Vous avez on ne peut plus raison et avez beaucoup lu, je présume. Tous les livres de la bibliothèque de maître Chaucer ?

1. Il s'agit de la version dite de John Wycliffe (vers 1320-1384), première traduction de la Bible en anglais. *(N.d.T.)*

— Tous ceux qu'il avait quand je vivais ici. Mais il y en a tant de ceux-ci que je n'ai jamais vus... Personne ne semble comprendre que le couvent tirerait grand profit des livres, même si, comme l'a fait remarquer saint Paul, « tout ce qui est écrit est écrit pour notre édification... ».

Elle s'interrompit délibérément sans achever la citation.

— « Aussi, prenez le grain et laissez reposer la balle », conclut le père Philip avec gravité. Cela se trouve dans les contes de Geoffrey Chaucer, ainsi que : « Maintenant, Dieu de bonté, si ta volonté est telle que l'a exprimée Notre Seigneur, fais de nous tous des hommes bons et accorde-nous sa grande béatitude, amen. »

— Amen.

Frevisse ramassa un livre sur la banquette de la fenêtre près d'eux et l'ouvrit tranquillement. Il s'agissait de vers latins et, après avoir lu attentivement quelques lignes, elle reconnut un texte d'Ovide. Son oncle aimait beaucoup cet auteur, et son père avant lui, avait-il dit. Elle avait parfois regretté de ne pas entendre assez de latin pour partager leur plaisir. Elle ferma le livre et le reposa, se demandant qui avait pu finir de le copier. Le père Philip ? Prudemment, cherchant à en apprendre un peu plus sur lui, elle s'enquit :

— Mon oncle demandait toujours au prêtre à son service de se renseigner très en détail sur maintes et maintes choses. Vous a-t-il chargé de quelque travail particulier depuis que vous êtes ici ?

— Dernièrement, il m'avait fait recopier plusieurs livres qu'il désirait. À la Saint-Michel, j'ai terminé un nouvel ouvrage de Boccace...

— Nouveau ? s'étonna plaisamment Frevisse.

Cela faisait près de soixante ans que l'écrivain italien était décédé.

— En anglais tout au moins.

Les coins de sa bouche se contractèrent. Si Frevisse avait vu en lui quelqu'un qui aimait s'amuser, elle aurait pensé qu'il se retenait de sourire.

— C'est une diatribe des plus traditionnelles contre les femmes. Très véhémente, en fait.

Consciente qu'il guettait sa réaction, Frevisse lui demanda, non sans ironie :

— A-t-il rédigé un traité comparable qui soit aussi impartial envers les hommes ?

Il rit très fort, de si bon cœur et de manière tellement inattendue que sœur Perpetua leva les yeux du livre qu'elle tenait et que maître Lionel en oublia le tas de papiers qui l'occupait, prenant le temps de les dévisager d'un air offusqué avant de se remettre à la tâche.

— Le traducteur nous assure que l'ouvrage a été proposé en anglais à cause de ses qualités littéraires, dit le père Philip, non pas pour les sentiments qu'il exprime.

— On ne peut plus rassurant, répondit Frevisse, pince-sans-rire. Comment mon oncle se l'est-il procuré ?

— Il l'a emprunté au duc de Gloucester, qui lui a donné l'autorisation d'en faire copie...

— Le duc de Gloucester ? Le duc de Gloucester a prêté un de ses précieux manuscrits à un parent de l'évêque *Beaufort* ?

Quand il n'était pas l'instigateur de scandales et de désordres visant principalement l'évêque, Gloucester, l'oncle du roi, se laissait aller à sa passion dévorante, et dispendieuse, pour les livres non encore disponibles en Angleterre.

— Une rareté dont je peux dire que les seules copies que l'on possède sont celles du duc et de votre oncle. Son Excellence, le duc de Gloucester, en a ordonné la traduction. L'amour des livres, semble-t-il, est plus fort que les haines politiques.

— C'est indubitable.

Quoique son oncle n'eût jamais été particulièrement enclin à entretenir ses haines. « Cela prend trop d'énergie et de concentration, disait-il, j'ai mieux à faire. »

Le père Philip regarda en direction des pupitres près de la fenêtre. Il hésita, puis se décida :

— Dernièrement, maître Chaucer m'avait demandé de copier un livre, que je n'avais jamais vu auparavant, narrant les hauts faits du roi Arthur. Ou, pour être plus précis, les aventures de sire Gauvain[1]. Vous plairait-il de le voir ?

— Oh ! assurément !

— Il est là.

Le père Philip s'approcha du plus petit des pupitres, derrière le bureau de Chaucer, mais disposé de la même manière, tout à gauche de la fenêtre, pour que le copiste bénéficie de la meilleure lumière. Frevisse le suivit et il replia le tissu couvrant le plan incliné du pupitre pour révéler une feuille à moitié couverte d'une belle écriture noire, et, à côté, un livre peu épais, maintenu ouvert par une de ces petites barres de plomb qu'utilisaient les copistes et qu'on posait en travers et en haut des pages. Avec un soin qui montrait la valeur qu'il attribuait à l'ouvrage, le père Philip mit la barre de côté et inséra à la place un bout de papier, avant de le prendre et de le lui donner.

Il était relié en cuir vert, doux au toucher. Frevisse

1. *Sir Gawain and the Green Knight (Sire Gauvain et le Chevalier vert),* poème datant de la seconde moitié du XIVe siècle, dont l'auteur nous est resté inconnu. La traduction qui suit est de Juliette Dor, 10/18, n° 2421. *(N.d.T.)*

le caressa, retardant le plaisir de découvrir un manuscrit qu'elle ne connaissait pas. Mais cela ne dura pas, la tentation était trop forte.

— Mais c'est en anglais ! s'étonna-t-elle.

Presque toutes les histoires de la saga d'Arthur qu'elle avait lues étaient en français.

— Et en vers, pour faire bonne mesure, précisa le père Philip.

— « Lorsque eurent cessé le siège et l'assaut de Troie,

Que la cité fut détruite et incendiée, réduite à brandons et à cendres,

Le guerrier qui y avait tissé la trame de la trahison... »

Frevisse avait commencé à lire.

— Oh, c'est admirablement tourné !

Oubliant tout, elle s'installa confortablement sur la banquette de la fenêtre, ravie de découvrir un texte entièrement nouveau.

— « Si vous plaît d'écouter ce lai pendant quelques instants... »

— C'est donc là que vous étiez tous partis !

Surprise, Frevisse leva les yeux, ainsi que sœur Perpetua. Le père Philip se retourna vivement. Maître Lionel, seul, continua sa tâche, personne ne s'inquiétant jamais de lui. Une des femmes de chambre de tante Matilda entra dans la pièce.

— Pourriez-vous venir ? demanda-t-elle en s'inclinant rapidement devant le père Philip et Frevisse. Madame la comtesse vous en prie. Madame sa mère s'est remise à pleurer et rien n'y fait. Madame la comtesse pense que l'un de vous ou tous deux pourriez l'aider...

Frevisse se levait déjà et remettait le livre sur le bureau tandis que le père Philip répondait :

— Certainement.

— Sœur Perpetua, voulez-vous rester? demanda Frevisse.

En présence de maître Lionel, il n'y avait à craindre aucune inconvenance et c'était l'occasion qu'elles espéraient.

— Si on me le permet, répondit sœur Perpetua.

Elle n'avait pas esquissé le moindre geste pour abandonner son livre.

— Je doute que ma présence soit d'un grand secours.

Frevisse hocha rapidement la tête et quitta la pièce sur les pas du père Philip et de la femme de chambre.

CHAPITRE XIII

Quand Frevisse pénétra dans la chambre de sa tante, elle la trouva allongée sur son lit, serrant désespérément les mains d'Alice. Celle-ci lui disait des paroles réconfortantes d'une voix qui laissait deviner qu'elle parlait depuis un certain temps déjà. Frevisse s'approcha et posa la main sur son épaule, qu'elle sentit trembler sous les couvertures. Une main serrant toujours celle d'Alice, tante Matilda saisit le poignet de Frevisse. Elle éclata en sanglots.

— Il me manque tellement ! Oh, tellement !

— Je sais, ma tante. Je sais. À moi aussi, dit Frevisse, sincèrement affectée et, brusquement, elle se mit à pleurer, incapable de retenir ses larmes qui lui inondèrent le visage.

Le père Philip la rejoignit. D'un ton chaleureux, qu'elle ne lui avait jamais connu, calme et plein d'autorité, il déclara :

— Le chagrin vous a rendue malade. Vous allez vous briser le cœur si vous persistez, et pensez donc à ce que dirait votre époux s'il vous voyait dans un tel état.

Matilda hoqueta et répondit, un vague sourire aux lèvres :

— Il... il dirait... a... allons, Maud. Allons, du calme, Maud.

— Sans aucun doute. Aussi, imaginez qu'il vous dise ces mots-là et essayez de trouver la paix, la paix qu'il souhaiterait pour vous.

Il se pencha vers elle, non pour la bénir mais pour arranger plus confortablement la courtepointe brodée sous son menton.

— Vous êtes épuisée et devez garder le lit pour le restant de la journée. Il y a trop longtemps que vous luttez courageusement. Il vous faut recouvrer vos forces, comme maître Chaucer le souhaiterait. Quoi que vous désiriez, nous serons heureux de vous satisfaire.

Il parcourut l'assemblée du regard, recueillant un hochement de tête ou un léger murmure approbateur de tous ceux qui étaient présents.

— Voyez-vous ? Nous aussi vous aimons et souhaitons vous voir rétablie. Maintenant que nous a été enlevé le chef de notre maison, nous ne supporterions pas d'en perdre le cœur.

Tante Matilda renifla en tremblant et parvint à esquisser un sourire. Ses yeux étaient encore remplis de larmes mais le plus fort de la crise était passé. Elle avait lâché la main de Frevisse pour saisir celle du père Philip.

Celui-ci se tourna vers l'une des femmes qui se trouvaient à l'extrémité du lit, tenant un gobelet.

— Est-il destiné à ma maîtresse ?

— C'est une potion pour dormir.

Elle la lui tendit et il la prit. Alice aida sa mère à se redresser sur les oreillers et, sa main toujours dans la sienne, le père Philip approcha doucement le gobelet des lèvres de Matilda, attendant patiemment, tandis qu'elle buvait à petites gorgées, qu'elle eût tout avalé.

Puis il posa le gobelet et enserra sa main dans les siennes.

— Vous resterez avec moi ? demanda-t-elle d'une voix chevrotante. Même quand je dormirai ? Et vous prierez ? Pour Thomas ?

— Et pour vous, madame. Vous me trouverez à vos côtés à votre réveil, promit-il.

Dans l'état d'épuisement qui était le sien, elle ne résista pas à l'effet de la potion et s'assoupit rapidement, les joues humides encore de larmes. Pourtant, même avec cette médecine, elle dormait d'un sommeil léger, d'une fragilité pathétique.

Pendant que le père Philip s'occupait de sa tante, Frevisse s'était écartée du lit. Maintenant que tout le monde s'efforçait de respecter le sommeil de la malade, et puisque le père Philip avait manifesté son intention de demeurer sur place aussi longtemps qu'il le faudrait, elle quitta furtivement la pièce. Elle tira la porte derrière elle, sans la fermer complètement, ne faisant aucun bruit.

— Elle dort, mais à peine, murmura-t-elle aux deux servantes qui s'affairaient dans la pièce attenante à la chambre et, ne leur laissant pas le temps de la questionner, elle s'en fut d'un pas vif.

Pour l'heure, certaine de savoir où se trouvait le père Philip, elle avait l'intention de fouiller son logis.

Si elle rencontrait quelqu'un dans le vestibule de la chapelle, elle se contenterait d'y entrer, comme pour aller prier. Il n'y avait personne et elle gravit l'escalier étroit, à la hâte et d'un pas léger. Devant la porte, elle prit le temps de frapper vigoureusement, au cas où son serviteur aurait été dans la pièce. Personne ne répondit et elle entra.

Le lit avait été fait. Une pâle lumière entrait par les volets ouverts. La chambre, austèrement meublée, était si ordonnée qu'elle en devenait impersonnelle. Il ne subsistait plus aucune trace des moments tragiques qui s'y étaient déroulés la veille.

Frevisse s'avança vers la table. Elle en effleura du bout des doigts la surface impeccablement polie, là où sir Clement s'était affaissé, comme si elle espérait obtenir une réponse à ses questions. Rien. Elle parcourut l'endroit du regard et vit que l'armoire était fermée. C'est d'elle que provenaient la bouteille et le gobelet qui avaient servi à donner sa dernière boisson à sir Clement. Elle l'ouvrit, révélant trois étagères au contenu soigneusement rangé. La bouteille disposée sur celle du bas, près de deux coupes et d'une assiette en étain, n'était pas celle de la veille; son bouchon n'avait pas été récemment ôté. Elle saisit la première coupe et ne lui trouva rien de particulier. Il s'agissait d'un objet en terre tout simple, au vernis bleu dépourvu de motif, dont l'austérité rappelait celle des lieux. L'autre coupe était d'une facture similaire. L'assiette devait provenir de quelque chaumière.

Sur l'étagère du milieu se trouvait un coffret doré. Avant même de l'ouvrir, Frevisse sut qu'elle y trouverait les objets nécessaires aux derniers sacrements. Elle se signa, s'en saisit et l'ouvrit respectueusement. Comme elle s'y attendait, elle vit les minuscules fioles contenant le saint chrême et l'eau bénite, un crucifix en or, un petit cierge en cire d'abeille et un ciboire.

Tout en éprouvant un sentiment de culpabilité, elle fouilla parmi les quelques vêtements pliés de l'étagère supérieure, où l'on aurait pu hâtivement dissimuler quelque chose, mais n'y découvrit rien.

Elle retourna près du lit. Le matelas rempli de paille produisit une sorte de bruissement quand elle appuya dessus. Elle se pencha pour fouiller par-dessous. Elle ne vit qu'un châlit en bois tendu de cordes et le lit plus étroit du domestique du prêtre. Rapidement, mais néanmoins avec précaution, elle inspecta toute la literie du père Philip, puis fit de même avec le lit du serviteur après l'avoir tiré dans la pièce. En vain. Alors, elle défit les lits pour examiner les matelas, mais ne remarqua rien laissant supposer que la toile avait été fendue puis recousue. Elle remit la literie en place, espérant lui redonner son apparence première.

Elle s'intéressa ensuite au prie-Dieu. Elle en palpa les côtés et l'inclina pour voir ce qu'il y avait sous le siège. Pour autant qu'elle eût bien cherché, il ne comportait nulle cachette. Le coussin de l'agenouilloir était solidement fixé à son cadre et elle eut beau le pétrir à pleines mains, elle ne sentit rien d'inhabituel dans la bourre.

Il ne restait que le bureau. Comme le prie-Dieu, il semblait ne comporter aucune cachette et les livres qui y étaient disposés étaient très ordinaires. Un psautier usagé, un *Oculus Sacerdotis* à la couverture au cuir gravé, le *Lay Folks Catechism,* dans lequel Frevisse et presque tous les gens qu'elle connaissait avaient appris leurs prières dans l'enfance, et une belle copie du *Stimulus Amoris*, ouvrage destiné à ranimer chez le lecteur l'amour de Dieu. Frevisse les feuilleta rapidement. Les trois premiers étaient de fidèles copies exécutées sans souci d'art particulier, comportant de nombreuses notes dans les marges, tracées à l'encre noire, d'une main ferme. Il en allait autrement du *Stimulus Amoris.* La main qui l'avait recopié avait privilégié une écriture claire et régulière qui s'attachait autant à l'élégance des caractères qu'à leur signification ; quant aux notes, elles se voulaient discrètes, comme pour empiéter le moins possible sur la beauté de chaque page. En outre, contrairement aux autres manuscrits, on pouvait y admirer un grand nombre d'enluminures aux couleurs vives et d'une grande richesse de détails. Oubliant où elle était, Frevisse prit le temps de le parcourir.

Quand elle finit par le remettre à sa place et considéra la chambre, elle ne trouva plus matière à s'interroger. Il n'y avait rien dans cette pièce qui permît d'envisager un meurtre.

Et pourquoi aurait-il dû en aller autrement ? Le père Philip avait eu la nuit entière pour effacer tout indice compromettant. Une bouteille, un paquet ou une boulette de papier lancés dans le trou des latrines, et plus rien ne prouvait qu'il avait tué un homme. En outre, il était difficile d'imaginer qu'il gardait du poison dans sa chambre. Pourquoi l'aurait-il fait ? Sous prétexte qu'un jour il en aurait besoin, ou que l'envie de s'en servir ou l'occasion se présenteraient ? S'il était capable de garder du poison à portée de la main avec l'intention de l'utiliser, c'était un homme très différent de ce qu'il paraissait et dangereux qui plus est.

À moins que ce poison n'eût précisément été destiné à sir Clement ? Sachant, depuis des semaines, que Chaucer allait mourir et que, presque sûrement, sir Clement assisterait aux funérailles, avait-il prémédité son coup ? Dans ce cas, comment s'y était-il pris pour lui faire avaler du poison lors du banquet et, plus tard, dans la chambre ? Puisque les symptômes avaient été identiques, pouvait-on douter qu'on eût doublé la dose d'un même poison ?

Si elle savait *pourquoi* le père Philip était susceptible d'avoir agi — sir Clement constituait un obstacle à sa carrière ecclésiastique —, le *comment* lui échappait. Certes, dans la chambre, l'occasion avait pu se présenter, mais dans la grand-salle le père Philip était assis beaucoup trop loin de la table de sir Clement et il ne s'en était pas approché avant que celui-ci eût été frappé.

Un moment. Non, il s'en est approché.

Il s'était retrouvé près de sir Clement lors de l'esclandre dont il s'était rendu coupable, quand il lui avait parlé. Avait-il eu alors la possibilité de mettre quelque chose dans ses aliments ? Frevisse ferma les yeux pour essayer de se remémorer la scène. À ce moment, il se tenait derrière sir Clement mais elle ne se rappelait plus s'il s'était penché au-dessus de la table ou même s'en était approché. Les plats et les boissons lui étaient restés difficilement accessibles. Quoi qu'il eût fait, quelqu'un l'aurait remarqué.

Dès lors, aurait-il pu recevoir de l'aide ? Un complice, choisi parmi les autres victimes des agissements de sir Clement, désireux de partager les risques et censé ne pas constituer par la suite une menace plus grande pour le père Philip que ne l'était sir Clement ? Qui, à la table du banquet, aurait été placé dans une position lui permettant d'accomplir le geste fatal ?

Jevan, bien entendu, qui avait accès à tous les plats puisqu'il avait servi lui-même son oncle. Il ne lui aurait pas été difficile d'introduire du poison dans l'un ou l'autre avant de le lui présenter. Guy et lady Anne étaient présents eux aussi, et les plats restaient à portée de leur main une fois qu'ils leur avaient été servis. Dans la chambre du père Philip, c'était Guy qui avait sorti la bouteille et la coupe de l'armoire, avant l'ultime attaque dont avait été victime sir Clement. Avaient-ils tout prémédité depuis longtemps ? S'étaient-ils arrangés pour disposer du poison dans la chambre si jamais sir Clement ne mourait pas dans la grand-salle ?

Il eût certainement mieux valu qu'il mourût à la table, ce qui aurait évité de devoir courir le risque de lui donner du poison une seconde fois. Et de se reposer la question, lancinante : comment avait-il pu être empoisonné dans la salle sans que personne ne s'en fût aperçu ? À moins que... elle avait lu que, pris à petites doses pendant suffisamment longtemps, un poison ne faisait plus d'effet à la personne qui le prenait.

C'était compliqué à l'excès, oui, car cela impliquait trop de gens — le père Philip, Guy, Anne, Jevan peut-être — pendant une période beaucoup trop longue. Sauf à prouver qu'ils se connaissaient déjà et s'étaient tous rencontrés plusieurs mois auparavant.

Frevisse s'aperçut qu'elle s'était dangereusement attardée dans une chambre où elle n'avait pas le droit de se trouver. Avant de s'aviser, un peu tard, qu'il y avait un dernier endroit à fouiller. Elle plaça le tabouret de la table devant l'armoire afin d'en examiner le dessus. Rien, pas même une couche de poussière. Le domestique du père Philip était irréprochable.

Après avoir remis le tabouret à sa place exacte, elle entrebâilla la porte et regarda hors de la chambre. Il n'y avait personne. Elle fila et descendit l'escalier, toujours songeuse. Ce serait plus simple, se disait-elle, si Dieu avait véritablement frappé sir Clement dans la grand-salle, pour lui donner un avertissement cinglant, mais non fatal, et qu'ensuite une main humaine ait profité des circonstances pour l'empoisonner dans la chambre du père Philip. Guy et le prêtre étaient les seuls à avoir touché la coupe de vin. Guy avait ouvert la bouteille et, à voir son bouchon, elle avait déjà servi. Quelqu'un d'autre avait-il eu l'occasion de verser une substance dans la coupe entre le moment où on la retirait de l'armoire et celui où sir Clement s'en saisissait ? Elle n'avait pas regardé. Elle ne s'en souvenait pas. C'était possible, bien qu'il eût été beaucoup plus facile de mettre le poison dans la bouteille par avance. Acte qu'il ne fallait pas nécessairement imputer au père Philip, même s'il s'agissait de sa bouteille et de sa chambre. N'importe qui, homme ou femme, aurait pu choisir son heure pour venir dans la chambre, tout comme avait fait Frevisse. Mais le risque n'était pas mince, alors, d'empoisonner une autre personne que sir Clement.

Qui était assez désespéré pour appliquer un tel plan ?

Le père Philip, qui n'aurait pas retrouvé pareille occasion de se débarrasser de la menace représentée par sir Clement ? Lady Anne, qui aimait Guy mais craignait d'être mariée à sir Clement, qu'elle détestait, à en croire Robert ? Guy, l'héritier de sir Clement, qui voulait lady Anne pour lui seul et haïssait son oncle ? Jevan Dey, las des insultes et des humiliations de ce dernier ?

Ils y étaient tous venus, dans cette chambre. Sans compter le médecin, mais lui au moins n'avait aucune raison d'en vouloir à la vie de sir Clement. Aucune raison dont elle eût connaissance, se corrigea Frevisse.

Elle était au bas de l'escalier et traversait le vestibule pour retourner auprès de sa tante quand la porte de la chapelle s'ouvrit derrière elle. Instantanément, plutôt que de laisser quelqu'un se demander pourquoi elle s'était rendue dans la chambre du père Philip, elle fit volte-face pour donner l'impression de se diriger vers la chapelle.

Lady Anne, qui en sortait, la salua d'un léger hochement de tête, sans mot dire, et elle aurait poursuivi son chemin si Frevisse ne lui avait lancé :

— Je vous prie d'accepter mes condoléances pour la mort de sir Clement.

La jeune fille, qui n'avait manifesté aucune émotion et qui, après avoir brièvement regardé Frevisse, avait baissé ses superbes yeux bleus, les releva, un petit sourire au coin de sa jolie bouche d'angelot, comme si elle avait une raison de s'amuser tout en sachant qu'elle n'aurait pas dû.

— Merci.

— Le père Philip est-il dans la chapelle ? s'enquit Frevisse.

— Le père Philip ?

À l'évidence, elle était surprise.

— Qui ?

— Le prêtre qui a assisté sir Clement... lors de ses derniers moments, hier.

Frevisse baissa la voix, et les yeux, pour montrer qu'elle ne voulait pas s'immiscer dans le chagrin de lady Anne, ou le raviver.

— Oh ! J'ignorais son nom. Non, je ne l'ai pas vu aujourd'hui.

Elle se remit à marcher. Frevisse l'accompagna, lui demandant d'un ton qu'elle voulait très naturel :

— Partirez-vous bientôt, dès que...

Elle hésita, la délicatesse lui interdisant de faire allusion à des choses qui pouvaient être choquantes pour la jeune fille.

— Dès que l'enquêteur de la Couronne nous y autorisera, oui, acheva lady Anne sans se montrer nullement affligée.

— Et vous emporterez le corps de sir Clement ?

— Oh, non ! Certains de nos gens s'en chargeront plus tard. Avec ce froid, nous voulons faire le trajet au plus vite.

Adoptant un ton modeste, Frevisse s'écarta un peu du sujet.

— Il n'était pas très aimé, n'est-ce pas ? dit-elle.

— Il était haï, ne se fit pas faute de préciser lady Anne. Par beaucoup.

— Et maintenant, vous êtes libre d'épouser Guy.

Lady Anne s'immobilisa et la considéra, abasourdie.

— Comment le savez-vous ?

Frevisse eut un petit geste.

— On parle et je ne peux pas toujours m'empêcher d'entendre.

Plus pour voir la réaction de lady Anne que parce qu'elle le pensait, elle ajouta :

— C'est un jeune homme qui semble des plus charmants.

Lady Anne lui répondit par un sourire si éclatant que ses yeux étincelèrent.

— Certes oui !

Et de demander, non sans malice :

— La rumeur a-t-elle aussi fait état de notre mariage dès que les bans auront été publiés ?

— Non, c'est demeuré un secret.

Frevisse trouva le sourire de la jeune fille contagieux et elle se félicita que la beauté physique de lady Anne ne permît pas de supposer que sa volonté de se marier était due à une nécessité impérieuse plus qu'au désir.

Cependant, un amour si fort, longtemps contrarié par sir Clement, aurait pu l'amener à commettre un acte désespéré, pour cette raison même. L'amour de Guy pour elle était-il aussi profond que celui qu'elle lui vouait ?

Lady Anne s'étendit ensuite sur les qualités du jeune homme et on sentait chez elle la certitude, propre à la jeunesse, que cela suffirait à leur apporter le bonheur.

— Il est beau. Tout le monde peut en témoigner. Et courageux. Vous devriez le voir quand il combat en tournoi. C'est aussi l'héritier de sir Clement. Il héritera de tout, maintenant que celui-ci n'est plus. Je crois que c'est la raison pour laquelle sir Clement le détestait. Il ne voulait jamais rien donner à personne.

Comme il doit être déçu d'être mort et de s'apercevoir que tout est tombé entre les mains de Guy !...

Véritablement, cette idée l'enchantait.

— Je l'ai effectivement entendu traiter Guy de meurtrier, lors de leur querelle dans la grand-salle.

— Il passait son temps à lancer ce genre d'invectives ! Le misérable !

— Mais Guy ne lui a jamais répondu ?

Le joli minois de lady Anne se crispa, affichant un profond dégoût.

— Il ne l'aurait jamais fait. Il disait qu'il devait respecter sir Clement en tant que chef de la famille. Mais j'ai toujours éprouvé une très vive colère à l'entendre répéter que Guy voulait l'assassiner.

— Guy a essayé de l'*assassiner* ?

— Non, bien sûr que non, répondit lady Anne en riant. Un peu avant que je ne devienne sa pupille, à la Noël, ou à la Saint-Michel ou à la fête de l'Annonciation, enfin, à peu près, Guy lui a offert du massepain. Sir Clement aimait beaucoup les mets sucrés et il aurait dû en être très heureux. Sans rien perdre pour autant de son habituelle grossièreté, mais heureux. Au lieu de quoi, il s'est mis en rage, accusant Guy de vouloir l'empoisonner, et il a tout jeté par terre, absolument tout !

Il était évident qu'elle était consternée par le gaspillage de tant de sucre, de beurre, d'amandes et de tous les éléments délicieux qui composaient ce présent dispendieux.

— Pourquoi ? Est-ce que le massepain l'avait rendu malade ?

— Il ne l'a pas même goûté ! Il l'a regardé et l'a jeté ! Par la suite, il n'a cessé de traiter Guy de jeune meurtrier ou de quelque chose qui y ressemblait, mais Guy n'a jamais répliqué, et personne non plus n'en a tenu compte. Tout le monde savait comment se comportait sir Clement.

— Il est d'autant plus méritoire que vous ayez prié pour lui dans la chapelle.

Lady Anne afficha l'exaspération amusée des femmes passant un caprice à l'homme qu'elles aiment.

— Guy affirme qu'il vaut mieux lui témoigner un tant soit peu de respect maintenant que nous n'aurons plus à le faire longtemps. Mais je doute que des prières aient quelque effet bénéfique sur l'âme de sir Clement, pas vous ? Je crois qu'il est allé directement en enfer, voilà tout.

Elles étaient parvenues devant l'enfilade de pièces où l'on avait logé les invitées ; pour l'heure, lady Anne et sa suivante étaient à peu près les seules encore sur place. Lady Anne adressa une charmante révérence à Frevisse, lui signifiant qu'elle devait la quitter.

— Si vous voulez bien m'excuser, ma mère.

Frevisse s'inclina pour lui rendre son salut, mais, avant qu'elle se fût éloignée, Guy sortit de la pièce, à croire qu'il avait hâte de se rendre quelque part.

— Guy ! s'exclama lady Anne, se précipitant vers lui, mains tendues.

Il les saisit et les embrassa chacune tour à tour.

— Je me demandais si vous en aviez fini avec vos prières et vous n'étiez point là. Allez-vous bien ?

Lady Anne grimaça.

— J'ai prié de mon mieux, mais je ne recommencerai pas. Vous n'êtes pas venu. Vous aviez affirmé le contraire.

— J'ai dit que c'était une éventualité. J'ai essayé de savoir dans quelle mesure nous pourrions partir le plus tôt possible, dès que l'enquêteur en aura terminé avec nous.

— Est-il arrivé ?

— Non, mais je crois qu'il ne saurait tarder.

— Sa présence ne devrait pas être utile. Tout le monde a vu ce qui s'est passé. C'était une intervention divine. La parole de l'évêque y suffira. Ne croyez-vous pas ? demanda-t-elle à Frevisse.

— On pourrait le penser mais la justice, en ce genre d'affaires, voit les choses différemment.

Et d'ajouter, à l'adresse de Guy :

— Lady Anne et moi-même venons de parler de votre oncle.

— Mon cousin, corrigea-t-il obligeamment. Ou, plutôt, le cousin de mon père et donc le mien, depuis qu'il nous a quittés.

— Et plus loin il est allé mieux on se portera, ponctua lady Anne.

Elle tenait le bras de Guy, prête à partir en sa compagnie, mais Frevisse, imperturbable, continua à alimenter la conversation :

— Lady Anne m'entretenait de la querelle qui vous a opposé à lui ces dernières années.

— Oh, oui, répondit Guy, souriant d'un air contraint et aimable. L'infâme massepain.

Jevan apparut dans son dos.

— Monseigneur, dit-il.

Guy regarda par-dessus son épaule — dans sa direction plutôt que sa personne.

— Oui ? lança-t-il sèchement.

— Je voulais savoir ce que l'on pouvait empaqueter et ce que vous désiriez garder à portée de main pour le temps que vous resterez ici.

— Tu ne peux pas décider ?

— Il vaudrait mieux que ce soit vous.

— Je vais m'en occuper, intervint lady Anne. D'ailleurs, je dois demander quelque chose à ma servante.

Elle posa un baiser léger sur la joue de Guy. Derrière lui, Frevisse vit que le visage de Jevan blêmissait. Il parvint à se maîtriser, sans y réussir totalement, puis il s'inclina et s'effaça devant lady Anne, avant de la suivre.

Frevisse se souvint d'une question qu'elle avait voulu poser et elle demanda aussitôt :

— Oh, lady Anne... et vous aussi, messires, je m'interrogeais... maître Broun qui a assisté aux derniers instants de sir Clement... Dieu ait son âme... maître Broun dit avoir remarqué l'empreinte d'une main sur le visage de sir Clement.

Elle baissa considérablement la voix, tout comme avait fait le médecin.

— Une marque rouge, comme produite par une main non humaine qui l'aurait frappé. J'avoue n'avoir rien remarqué et je me demandais si vous, par contre ?... Ce serait chose si étonnante !

Après avoir un peu hésité, lady Anne répondit :

— Pas que je sache, non, je n'ai jamais rien vu de tel.

— Moi non plus, renchérit Jevan.

— Il était simplement couvert de marques rouges, dit Guy. Peut-être s'agissait-il de l'autre joue, que je n'ai pas vue ? ajouta-t-il, plein d'espoir.

— Non, j'ai aperçu son visage des deux côtés, remarqua Jevan. Il n'y avait que des marques rouges, aucune forme particulière.

— Bon, eh bien voilà, conclut Guy. Va avec lady Anne, ajouta-t-il.

Jevan s'inclina et, comme il s'éloignait avec lady Anne, Frevisse demanda :

— Le garderez-vous à votre service ?

Guy haussa les épaules.

— En attendant, oui. Il est bien informé des

affaires de sir Clement, aussi me sera-t-il utile un certain temps.

— Et ensuite ?

— Il mangeait dans la main de sir Clement. Je m'en débarrasserai dès que possible. Il trouvera à s'employer ailleurs.

— Mais il n'aimait pas sir Clement plus que vous !...

— Ce qui ne l'empêchait pas de le servir. Et il lui ressemble trop. Je n'en veux pas dans mon entourage.

— Est-ce que sir Clement avait mis quelque chose de côté pour lui ou bien n'aura-t-il rien quand vous vous en séparerez ?

L'impertinence de ses questions avait commencé à le détourner de ses propres pensées. Il fronça les sourcils et lança :

— Je n'en ai aucune idée ! Ma mère, si vous voulez bien m'excuser.

CHAPITRE XIV

Parmi les autres invités, rares étaient ceux pour lesquels la venue de l'enquêteur constituait un désagrément. Seuls, ceux qui s'étaient trouvés très près de sir Clement lors du banquet estimaient devoir rester, mais il s'agissait précisément des gens auxquels Frevisse voulait parler et, comme on approchait déjà de dix heures du matin et du dîner[1], elle se dit que tous devaient être dans la grand-salle, endroit bien chauffé et propice aux rassemblements.

Elle les y trouva, une femme et cinq hommes, dont trois bottés et portant leur cape, prêts à voyager, debout à l'une des extrémités de l'estrade, à l'écart pour laisser faire les domestiques occupés à dresser les tables dans la seule moitié inférieure de la salle, car la famille n'y dînerait pas. Quelque peu désolée, Frevisse s'aperçut qu'elle ne connaissait le nom d'aucun, mais son appartenance à la famille lui donnait une raison de les approcher, ne serait-ce que pour s'inquiéter de leur bien-être, et elle se joignit poliment à la conversation. La femme et elle échangèrent une légère révérence, les

1. Au Moyen Âge, on dressait la table deux fois par jour : pour le dîner vers dix heures du matin et pour le souper, à la tombée du jour. *(N.d.T.)*

hommes soulevèrent leurs chapeaux et inclinèrent la tête, et elle répondit à leur salut d'un hochement du chef. Son arrivée avait interrompu leur conversation. Pour la relancer, elle déclara :

— J'espère que vous avez été bien installés. Si quoi que ce soit vous était nécessaire...

D'un geste, elle laissa entendre qu'il leur suffisait de demander.

— Tout va pour le mieux, ma mère, répondit la femme.

C'était une personne d'âge mûr, corpulente et ne craignant pas de se montrer terre à terre.

— Comment se porte cette pauvre Matilda ?

— Très mal, pour l'instant, je le crains. Rien ne lui aura été épargné, entre la mort de l'oncle Thomas et cet esclandre lors du banquet.

— Malencontreuse affaire, dit l'un des hommes en cape, secouant la tête. Rien que du mauvais, ces jours-ci. C'est terrible de partir de la sorte et pitié que cela ait dû arriver ici.

— Ici ou ailleurs, cela devait arriver. Il n'avait de cesse de le chercher, dit l'un des autres avec un clin d'œil entendu. En est-il un seul parmi nous qui ne l'ait entendu invoquer le jugement de Dieu une douzaine de fois pour le moins ?

— Je pensais qu'il le faisait moins souvent, ces derniers temps, dit l'un des hommes qui n'étaient pas équipés pour voyager. Cette année, ou à peu près, tout le temps que je me suis trouvé avec lui, il semblait mieux se maîtriser.

— Et sûr que tu n'as pas passé plus que tu ne pouvais en supporter en sa compagnie. Saint Roche ! Cet homme était un fléau pour tout son entourage.

L'homme à la cape secoua la tête et eut un rictus au souvenir de ce qu'il évoquait, puis il réfléchit et ajouta :

— Dieu ait son âme.

— Le diable, plus sûrement. Il faut cependant reconnaître que ses moutons donnent une des meilleures laines de cette région de l'Oxfordshire.

— On le doit au jeune Jevan, non pas au vieux Clement. Celui-ci mettait tout son talent à lui chercher querelle, mais ce jeune homme s'y connaît en moutons.

La conversation s'orienta vers le marché de la laine et les prix pratiqués sur le continent, confirmant à Frevisse ce qu'elle subodorait. Les hommes prêts à s'en retourner étaient sans doute des marchands. Les deux autres, assis lors du banquet funèbre, non loin de sir Clement, devaient avoir rang de chevaliers et l'un d'eux ne se joignit pas à la conversation générale mais demeura, l'air grave, un peu en retrait de la femme qui, bien qu'elle fût probablement son épouse, y participait en connaissance de cause. Frevisse se glissa vers lui et dit, oubliant la teneur générale des propos :

— Il me semble que vous étiez voisin de sir Clement lors du banquet ?

L'homme était grand et parlait d'une voix douce.

— Pour mon malheur. J'étais à côté de la jeune dame.

— Sir Clement s'est disputé avec vous pendant le repas, n'est-il pas vrai ?

— À propos de droits de pâture qui m'avaient été reconnus par la justice trois ans auparavant, mais, le respect de la loi n'ayant jamais eu d'importance pour lui, il revenait sur le sujet chaque fois que nous avions l'infortune de nous rencontrer. Comme dit Jack...

Il indiqua de la tête le marchand qui avait affirmé que sir Clement s'était quelque peu assagi dernièrement.

— ... s'il se montrait moins virulent pour trouver de nouveaux motifs de querelles, il n'avait rien perdu de sa hargne s'agissant de ses vieilles lunes.

— Il n'avait donc pas véritablement changé de comportement ?

L'homme esquissa un petit sourire.

— Peut-être éprouvait-il moins de plaisir à proférer si souvent son habituel, « Que Dieu me punisse », mais il pouvait toujours rendre la vie infernale à quiconque se trouvait à sa portée.

— Il n'empêche, Ralph, qu'il avait cessé de lancer son poing à la figure de tous ceux qui lui déplaisaient, intervint l'autre chevalier.

Frevisse se souvint alors que, lors du banquet, il était assis près de Guy.

— Je l'avais remarqué, ces derniers temps.

— Oh, c'est qu'il était devenu trop vieux pour cela, sir Edward, précisa la femme de sir Ralph.

— Il a pu lui venir à l'esprit qu'on lui rendrait coup pour coup un de ces jours s'il continuait à agir de la sorte, dit le plus rondouillard et le plus petit des marchands.

— Il y a beau temps que quelqu'un aurait dû s'en charger.

On hocha du chef et on acquiesça. Tout le monde était fort aise de pouvoir décocher quelques flèches à sir Clement maintenant que c'était sans risque.

— Il n'a en rien facilité la vie de cette pauvre fille, fit remarquer l'épouse de sir Ralph.

Puis d'ajouter, presque à mi-voix :

— Et maintenant, elle va agir de même avec Guy, j'imagine.

Frevisse et elle échangèrent des sourires complices : la frêle lady Anne n'était pas de celles qui s'en laissaient conter.

Les hommes évoquèrent alors la bonne fortune de Guy. Sir Clement disparu, on fondait de grands espoirs sur son neveu.

— C'est un garçon plutôt solide, qui ne souffre pas des manies que la famille semble se transmettre de génération en génération, comme d'autres les cheveux bruns, dit le petit marchand. Bon, le temps ne va pas s'améliorer parce que nous restons ici alors que nous devrions être en route. Nous ne nous sommes attardés que pour converser avec vous, mais maintenant il nous faut partir.

Il déposa familièrement un baiser sur la joue de la femme et dit :

— Prends soin de toi, Eleanor. Pas de refroidissement cette année, m'entends-tu ?

— Qu'il en aille de même pour toi, mon frère, lui répondit-elle. Nous espérons te voir à la Noël, si tu as le moindre bon sens.

On se serra la main, on se salua et les trois marchands quittèrent la salle dans une grande agitation de capes et de serviteurs.

— Ah, il va me manquer, fit lady Eleanor, songeuse.

Son époux la prit par le bras et l'attira vers lui, tentant de la consoler :

— Noël n'est pas si loin...

— Si, d'ici là, les intempéries ne nous obligent pas à nous terrer comme des blaireaux, remarqua sir Edward. Tout semble présager une très rude année.

— Elle ne l'a déjà que trop été pour sir Clement, dit Frevisse.

Les trois invités allaient bientôt aller dîner et il y avait encore des choses qu'elle voulait leur demander, aussi refit-elle une allusion directe à sir Clement.

— On va me presser de questions quand je m'en reviendrai à Sainte-Frideswide, mais je me tenais si loin, lorsque c'est arrivé. Vous étiez tous près de lui, au cours du banquet. Qu'avez-vous donc vu en particulier ?

Les trois se regardèrent. Pour toute réponse, sir Edward haussa les épaules comme s'il ne se souvenait de rien de remarquable mais lady Eleanor se montra moins avare de détails.

— Ma foi, rien que d'ordinaire. Sir Clement était menaçant, comme à l'accoutumée, et j'ai évité de le regarder en face autant que possible, me contentant de parler avec la dame à côté de moi. Jusqu'au moment où il s'est disputé avec mon mari.

Elle lui adressa un sourire de sympathie.

— C'est très peu de temps après qu'il a commencé à émettre des bruits étranges. *Terrifiants*, vous pouvez m'en croire !

— J'ai d'abord cru qu'il avait avalé de travers, intervint sir Ralph.

— Cela est arrivé sans que rien ne le laisse présager ? Il a simplement commencé à suffoquer ? demanda Frevisse.

Elle ignorait ce qu'elle cherchait à savoir mais, à force de poser des questions, quelqu'un pourrait révéler un détail important.

Sir Ralph secoua la tête.

— Après qu'il se fut emporté contre moi... et moi contre lui, j'avoue avoir aussi perdu mon calme, admit-il tandis que sa femme lui enfonçait un doigt dans les côtes d'un air entendu. Il s'en est pris à un serviteur, sous prétexte qu'il ne le resservait pas en vin assez rapidement, mais c'est tout.

— À ce moment-là, était-il servi par Jevan ?

— Il ne s'occupait pas du vin, dit sir Edward. C'était le rôle des domestiques de la maison, qui passaient devant les tables, voyez-vous, un œil sur tout le monde. Ils étaient efficaces. Il faut faire compliment à votre tante pour la qualité de ses gens.

— Même la foudre n'aurait pas été assez vite pour sir Clement ! lança lady Eleanor.

Ils en convinrent et continuèrent à bavarder jusqu'à l'annonce du dîner. Frevisse les assura alors que sa tante était désolée pour les désagréments subis et reçut l'assurance qu'ils ne l'en tenaient pas pour responsable — le seul qu'il fallait incriminer était sir Clement qui, même mort, était une source d'ennuis, dirent-ils — et ils se séparèrent après force témoignages de sympathie.

Sœur Perpetua était toujours dans la bibliothèque de Chaucer, recroquevillée sur un tabouret face à une des armoires, un livre ouvert sur les genoux, trop concentrée pour noter l'arrivée de Frevisse. De l'autre côté de la pièce, maître Lionel, occupé à examiner minutieusement une série de documents étalés sur la banquette de la fenêtre, ne la remarqua pas non plus. Amusée, Frevisse s'avança sans bruit vers sœur Perpetua et lui posa une main sur l'épaule.

La nonne bougea nerveusement la tête.

— Mmm ? dit-elle, sans lever les yeux.

— Intéressant ? demanda Frevisse.

— Mmm.

Sœur Perpetua abandonna à regret sa lecture et la regarda, clignant des yeux, avant de décider que c'était bien Frevisse et de s'exclamer, enthousiaste :

— Ce sont *Les Voyages de Mandeville*[1] ! Je ne les avais pas lus depuis ma jeunesse. Je les adore. Toutes ces histoires extraordinaires...

Frevisse, qui savait à quel point sœur Perpetua pouvait devenir volubile quand on parlait livres, l'interrompit :

1. *Mandeville's Travels, ou Le Voyage d'Outre-Mer,* de Jean de Mandeville. Ouvrage écrit en français anglo-normand vers 1356-1357, traduit en de nombreuses langues et qui fut et est resté très populaire. *(N.d.T.)*

— Avez-vous trouvé quelque chose d'intéressant en rapport avec notre affaire ?

Le visage de sœur Perpetua demeura sans expression, puis s'anima.

— Oh, oui ! C'est là.

Elle mit le Mandeville de côté et saisit un des volumes posés à côté d'elle.

— Votre oncle était merveilleux. Il y a des livres sur tous les sujets. Je pourrais y passer ma vie. Celui-ci, c'est une *Materia Medica*, avec toute une partie consacrée aux poisons et à leurs effets.

Frevisse prit l'ouvrage.

— Comment avez-vous fait pour le trouver ? Et si vite ?

— J'ai demandé à maître Lionel, répondit sœur Perpetua comme si cela allait de soi.

Elle baissa de ton :

— Il ne veut parler à personne, mais il sait où tout est rangé. Je lui ai parlé de poisons et aussitôt il m'a indiqué cet ouvrage.

— Y trouve-t-on ce qu'on cherche ?

Sœur Perpetua sembla confuse.

— J'ai préféré vous laisser voir vous-même s'il peut nous être utile, pendant que je...

C'est d'une main amoureuse qu'elle toucha le livre sur son giron.

Frevisse savait que, ce matin-là, elle n'avait pas eu un comportement plus louable quand elle lisait le récit des aventures de Gauvain. Elle sourit et dit :

— Je vais chercher. Continuez votre lecture.

Le livre était exactement comme l'avait annoncé sœur Perpetua. Après l'avoir un peu feuilleté, elle arriva au chapitre des poisons, qui succédait à un traité sur le diagnostic des humeurs en fonction de la position des planètes. Elle s'assit sur la chaise du bureau du père Philip, l'ouvrit et commença à lire. Son latin laissait à désirer, mais, contrairement à la littérature, le texte était plutôt d'une grande simplicité et elle put en saisir l'essentiel, traduisant les passages qui semblaient répondre à sa question. Existait-il un poison dont les effets correspondaient à ceux qui s'étaient révélés mortels pour sir Clement ?

La liste allait des poisons connus, qu'on trouvait dans n'importe quelle forêt anglaise ou au bord des chemins, à d'autres, exotiques, difficiles à se procurer sauf auprès de marchands spécialisés ayant des contacts dans les pays les plus lointains. Rien ne semblait manquer.

Mais aucun ne provoquait des effets rappelant ceux observés sur sir Clement.

L'action de certains se traduisait par des difficultés à respirer mais non pas par le gonflement douloureux de la gorge, et, à terme, la suffocation, décrits par maître Broun. D'autres faisaient vomir, vomissements qui variaient par l'importance ou la couleur des éléments rejetés, ou pouvaient être à l'origine de crises ou de délires, mais sir Clement avait gardé l'esprit assez clair et n'avait même pas laissé l'impression qu'il souffrait de l'estomac, encore moins qu'il allait vomir. Quant aux marques visibles sur le corps, notamment aux extrémités, rien ne suggérait la possibilité de voir apparaître des marbrures et des démangeaisons sur le visage et les bras.

À supposer que sir Clement eût été empoisonné, ce n'était pas avec un des poisons recensés dans ce livre, qui semblait très complet.

Sœur Perpetua lui avait prêté une attention plus soutenue que ne l'avait pensé Frevisse.

— Vous ne trouvez pas ce que vous cherchez ? lui demanda-t-elle d'où elle était.

— Non.

— Peut-être, alors, que l'évêque Beaufort s'est trompé. C'est sans doute la main de Dieu qui a frappé sir Clement.

— Non.

Sœur Perpetua ne fit rien pour dissimuler sa surprise.

— Vous ne le pensez plus ?

— Je n'en suis plus *certaine*. Plus autant que nous l'étions lorsque la chose est arrivée. Je dois poser de nouvelles questions. Voudriez-vous chercher un autre livre sur les poisons ? Il doit bien s'en trouver un ?

— Si vous l'estimez nécessaire, certainement.

Sœur Perpetua posa le Mandeville.

Frevisse avait remarqué que maître Lionel, qui n'avait cessé de brasser des papiers tandis qu'elle parlait, s'était interrompu et avait en partie tourné la tête, aux aguets. Elle s'adressa directement à lui :

— Voulez-vous bien aider sœur Perpetua dans sa recherche, maître Lionel ?

La tête du vieux clerc se détourna brusquement et ses mains recommencèrent à s'affairer parmi les papiers. Cependant, il émit un bruit qui pouvait tenir lieu d'acquiescement. Sœur Perpetua sourit et hocha la tête, en signe de confirmation.

Satisfaite, car, à eux deux, ils iraient beaucoup plus vite que si elle était seule, Frevisse les laissa à leurs recherches.

Elle se rendit dans la chambre de tante Matilda. Celle-ci dormait. Son corps grassouillet était caché par des couvertures et son visage aux traits relâchés, ravagé par la douleur, semblait sans défense. Sa fille s'était fait apporter son ouvrage et, confortablement assise sur un coussin près de la fenêtre, brodait une rose de fils de soie de même couleur. Elle leva les yeux à l'entrée de Frevisse et posa le doigt sur ses lèvres pincées. Frevisse hocha la tête et s'approcha pour mieux observer sa tante, qui ne fit pas un seul mouvement. Joan, assise sur un tabouret près du lit, ne quittait pas des yeux sa maîtresse, l'air misérable.

Frevisse s'inclina, lui offrit le réconfort d'une prière pour cette triste compagnie, et s'en fut.

La cuisine du manoir d'Ewelme, vaste, au sol couvert de dalles de pierre, atteignait une hauteur de deux étages jusqu'au toit où des lucarnes s'ouvraient pour laisser passer la fumée ou l'air surchauffé. Un plateau de poulets rôtis refroidissait sur une table et un aide-cuisinier se penchait prudemment près d'une cheminée, remuant le contenu d'un grand pot suspendu au-dessus de charbons rougeoyants. Le maître queux, trônant sur un tabouret haut, était en train de s'essuyer les mains, qu'il avait fortes, à un chiffon propre. Quand il vit Frevisse, il sauta au bas de son siège et s'inclina deux fois.

— C'est un honneur de vous recevoir, dit-il avec une nouvelle courbette.

Il avait un accent que Frevisse ne parvint pas à identifier. C'était un homme très grand, avec des cheveux noirs et bouclés qui brillaient comme s'ils étaient passés à l'huile, et qui agitait beaucoup les mains en parlant.

— Puis-je vous aider ? Y a-t-il quelque chose que je pourrais vous faire porter ?

— Voudriez-vous répondre à une question ou deux ?

— Bien sûr. Désirez-vous que je vous donne une recette pour votre prieuré ?

Il se tourna vers son aide.

— Apporte-moi un bout de papier, une plume et de l'encre, tout de suite !

Mais Frevisse leva la main pour s'y opposer.

— Non, il ne s'agit pas de cela. C'est à propos du banquet des funérailles, au cours duquel un invité s'est trouvé mal, avant de décéder.

Le maître queux se rassit, l'air effondré. Il ne dit rien, se contentant d'attendre.

— Connaissiez-vous l'homme qui est mort? Sir Clement?

— Non, ma mère. Mais il avait chargé son domestique de venir m'interroger sur le menu du banquet.

— Quel domestique?

— J'ignore son nom, ma mère. Un garçon maigre, aux cheveux bruns et au visage triste.

— Pourquoi sir Clement s'intéressait-il au menu?

— Il avait l'estomac fragile, j'imagine, ce qui lui interdisait de manger certaines choses.

— Par exemple?

Le maître queux poussa un long soupir, leva une main et se mit à compter sur ses doigts.

— Si j'utilisais du lait dans des plats, il devait être frais, car sir Clement ne supportait pas le lait tourné; il fallait remplir sa salière spécialement, car il en faisait grand usage et n'hésitait pas à jeter par terre une salière contenant du sel qui n'était pas d'une propreté impeccable; on devait l'avertir quand on servait un plat dans la composition duquel il entrait des noix, car en aucun cas il n'acceptait d'en manger; il voulait qu'on lui serve à boire dans un gobelet en or ou en argent, ne supportant pas le goût que donne l'étain aux boissons. Je peux vous répéter ce que j'ai dit à ce domestique. Je lui ai assuré que, dans cette maison, on utilisait uniquement des produits de premier choix, les plus frais et les plus coûteux et que le dernier plat, que sir Clement n'aura jamais eu l'occasion de jeter par terre, contenait des avelines. J'ai eu l'impertinence de demander si sir Clement avait apporté son propre gobelet, puisqu'il nous était impossible de lui donner un de ceux que l'on réserve pour, disons, le duc de Norfolk. Il est apparu qu'il possédait le sien, car, le problème s'étant déjà posé lors de ses voyages, il avait l'habitude d'en emporter un.

Le maître queux avait déroulé son histoire avec calme, montrant quelques signes d'indignation vers le milieu du récit, avant de terminer sur une note franchement amusée. À voir l'expression de son aide, on le sentait prêt à confirmer tous les dires de son maître, aussi Frevisse ne l'interrogea-t-elle pas, se contentant de demander à ce dernier de lui fournir une copie du menu du banquet, ce qu'il fit. Elle la glissa dans sa manche, le remercia et se retira.

Elle décida d'aller voir si maître Lionel, saisi par une autre de ses brillantes inspirations, avait déniché le livre qu'elles cherchaient. À sa grande surprise elle ne trouva pas sœur Perpetua dans la bibliothèque. Frevisse s'arrêta sur le seuil, s'assurant qu'elle n'était pas accroupie derrière le bureau ou une pile de manuscrits. Comme le froid devenait plus vif, on avait allumé un feu dans la petite cheminée ; la flambée qui égayait la lumière grisâtre dispensée par les fenêtres laissait espérer un peu de chaleur, mais maître Lionel s'affairait devant son coffre, à mi-chemin de la pièce, pas plus concerné par le feu que par l'entrée de Frevisse. Le père Philip se tenait devant la fenêtre, le regard fixe, et même d'où elle se trouvait elle put remarquer son air préoccupé.

Le pli entre ses sourcils s'effaça, la peau redevenant lisse comme la cire d'une bougie. C'est d'une voix aussi neutre que d'habitude qu'il lui adressa la parole.

— Mère Frevisse. Vous pensiez trouver sœur Perpetua, n'est-il pas vrai ?

Elle ne chercha pas à savoir si sa réputation pâtirait de se retrouver seule avec lui, car bien qu'il fût prêtre, c'était un homme dans la force de l'âge, et le seul témoin de leur rencontre n'avait plus toute sa raison. Pour faire bonne mesure, elle laissa la porte juste entrouverte. Elle était lasse de tout le mal qu'elle se donnait, du soin qu'elle avait de converser à n'en plus finir avec tant de gens, de revenir en étrangère dans un lieu qui avait occupé une si grande place dans son cœur. Et elle avait froid. Elle alla s'asseoir sur un tabouret devant le feu. Offrant ses pieds et ses mains à la chaleur des flammes, elle demanda :

— Suis-je en train de tomber malade ou est-ce que le temps a soudainement fraîchi ?

— Il fait beaucoup plus froid, d'un coup.

Le père Philip tendit la paume de ses mains vers la vitre face à lui, presque à la toucher.

— On peut le sentir entrer comme si la fenêtre était ouverte. Il ne m'étonnerait pas que les douves soient gelées demain matin.

Frevisse soupira, fatiguée. Dans un jour ou deux, il faudrait entreprendre la longue chevauchée du retour vers Sainte-Frideswide et elle ne savait pas si elle préférait un froid sec, et des chemins praticables, ou un temps plus clément, qui transformerait les chemins en bourbiers.

Sans cesser de lui tourner le dos, le père Philip demanda :

— Avez-vous la liberté, maintenant, de m'expliquer ce que l'évêque Beaufort attend de vous ?

— Pour me conformer à ses ordres, il m'a fallu interroger tant de personnes que je doute que cela soit demeuré secret. Il estime que la mort de sir Clement n'est pas due à la main de Dieu.

— Il l'a pensé dès le début.

— Mon oncle lui ayant laissé entendre que je ne manquais pas d'intelligence, il m'a chargée de savoir s'il s'agissait ou non d'un miracle.

Le père Philip se détourna de la fenêtre et la regarda dans les yeux.

— Et qu'en concluez-vous ?

— Je suis sûre que ce n'est pas Dieu qui l'a tué.

Le prêtre l'écoutait avec une surprise admirablement maîtrisée.

— Qui, dans ce cas ?

Frevisse secoua la tête.

— Cela, je l'ignore. Ainsi que la manière exacte dont on a procédé. Mais on s'y est pris lors du banquet, au plus tard, et, pour autant que je le sache, vous n'avez pas eu l'occasion de faire quoi que ce soit contre lui à ce moment. Pas directement, du moins.

Le père Philip fronça les sourcils, comme s'il commençait à prendre vraiment conscience de ses paroles.

— Vous me suspectez ? Pour quelles raisons ? Ou suspectez-vous simplement tout le monde ?

— Quiconque avait un ennemi en sir Clement m'est suspect. Vous êtes sur la liste. Si sir Clement avait pu justifier que vous étiez né serf, vos chances de vous élever au sein de l'Église risquaient d'être réduites à néant. En venant ici pour une raison sans rapport avec votre présence, sir Clement vous fournissait peut-être une occasion de lui nuire sans que l'on vous soupçonne, comme cela eût été le cas si vous aviez cherché à le rencontrer ou vous étiez arrangé pour l'amener à être présent. C'était une chance de vous débarrasser de lui que vous n'auriez probablement pas retrouvée.

— Mais je n'avais nul besoin de m'en prendre à lui, de l'assassiner ! Cela fait des années que je me suis assuré que les documents nécessaires étaient en ordre. Il était hors de question qu'il fasse une réclamation, quand bien même il y faisait allusion à tout bout de champ. Quant à ceux qui s'interrogeaient sur le bien-fondé de ses affirmations, j'ai veillé à ce qu'ils sachent qu'elles relevaient de la pure forfanterie. Il représentait un désagrément, pas une menace.

Frevisse le crut. C'était le genre de précaution qu'un homme de l'intelligence du père Philip n'aurait pas manqué de prendre.

— Pourtant, vous n'en avez jamais parlé à l'évêque Beaufort...

— Cela aurait été un peu présomptueux de ma part de l'en avertir sans y avoir été convié.

— Vous savez cependant qu'il s'intéresse à vous.

— Il a suggéré à maître Chaucer de m'engager, me laissant entendre que j'aurais l'occasion de me familiariser avec le service d'une maison d'importance. J'ai accepté l'offre de maître Chaucer avec reconnaissance. Par ailleurs, cela me permettait de retrouver mon frère.

— Votre frère ?

Il s'agissait de celui dont Robert n'était pas sûr qu'il fût vivant.

— Gallard Basing, l'huissier. L'ignoriez-vous ?

— Je n'avais pas fait le rapprochement.

— Il est vrai que nous ne nous ressemblons pas du tout.

Il sautilla un peu sur la plante des pieds et lui adressa un sourire plein de charme, en dépit du réseau de cicatrices qu'offrait son visage.

Il alla s'accroupir de l'autre côté de l'âtre, se frottant les mains quand il les offrit aux flammes. Ce geste rappela quelque chose à Frevisse — elle l'avait déjà remarqué chez quelqu'un —, mais ce vague souvenir s'évanouit quand elle se rendit compte que Gallard Basing avait été entièrement libre de ses mouvements dans la grand-salle lors du banquet et avait sans doute eu accès à la nourriture avant qu'on la servît. Gallard était-il couvert par les mêmes documents que son frère ? En connaissait-il seulement l'existence ? Quelle était la force du lien qui unissait les deux frères ? Se faisaient-ils confiance ? S'entraidaient-ils ?

Son silence avait duré trop longtemps ; le père Philip leva les yeux et la dévisagea.

— Vous n'êtes pas revenue pour me parler. Vous vouliez chercher refuge parmi les livres de votre oncle, n'est-ce pas ?

— J'y trouve un sentiment de réconfort qui remonte à mon enfance, je le crains.

Il sourit. Une fois encore, Frevisse fut surprise de voir à quel point son sourire, sans parler de son regard profondément chaleureux, faisait oublier son visage ravagé. Peut-être était-ce dû au fait qu'il souriait si rarement.

— Réconfort que je regretterais beaucoup de perdre, avoua-t-il, si mon seigneur, le duc de Suffolk, décidait de se passer de mes services.

— Tante Matilda n'a-t-elle pas son mot à dire ?

Le père Philip haussa les épaules.

— Je crois qu'au fur et à mesure qu'elle va se laisser gagner par le chagrin, votre tante perdra l'essentiel de son intérêt pour les affaires de la maison. Peut-être vous rejoindra-t-elle à Sainte-Frideswide. Ce ne sera pas la première fois qu'une veuve prend le voile.

Frevisse baissa les yeux. Si sa tante s'y décidait, elle ferait une nonne malheureuse, car elle était inapte à garder le silence et à se montrer humble et obéissante. Pourtant, le père Philip avait raison, son mari avait été sa seule et unique raison de vivre.

— Bien sûr, la comtesse Alice peut lui donner des petits-enfants et lui procurer un nouvelle raison d'exister, dit le prêtre. Nous ne pouvons qu'attendre.

Pour aborder un sujet moins pénible, Frevisse demanda :

— Mon oncle vous a-t-il jamais dit comment il envisageait l'avenir de sa bibliothèque après sa mort ?

— Je pense qu'il en a légué les meilleurs ouvrages à l'évêque Beaufort. La plupart des autres reviendront à Suffolk et on vendra ce qui restera.

Le regard du père Philip s'attarda sur les armoires.

— Votre oncle avait un goût certain pour les livres rares et sortant de l'ordinaire, aussi bien que pour ceux de prix.

— Pour lui, chacun d'eux était comme une bougie destinée à faire reculer les ténèbres de l'ignorance dans lesquelles nous serions plongés si nous ne faisions confiance qu'à nos faibles cervelles.

— Car nous sommes tous, par nature, désireux de franchir les limites de notre condition terrestre et de trouver Dieu. Il est donc nécessaire que le contenu d'un livre nous guide dans cette voie.

Il prononça ces paroles comme s'il fallait y chercher un sens caché.

Mais Frevisse ne savait où il voulait en venir.

— Je suis d'accord, dit-elle, pour penser qu'il est très difficile à chacun de trouver Dieu en se fiant au seul pouvoir de sa raison. Sauf s'Il décide de nous éclairer.

— Il choisit qui lui plaît. « Lui qui est incompréhensible à toutes les facultés et pouvoirs de connaissance des créatures, autant angéliques qu'humaines. »

Frevisse sourit.

— *Le Nuage d'Inconnaissance*[1]. Mon oncle ado-

1. Texte mystique anonyme du XIVe siècle. Traduction d'Armel Guerne. *(N.d.T.)*

rait ce livre. Il disait n'avoir aucune inclination pour la vie contemplative ni l'espoir d'y être appelé, mais l'idée lui procurait de la joie. Il ajoutait que le *Nuage* lui rappelait que : « Tout le temps qui t'est donné à toi, à toi il sera demandé comment tu l'as dépensé. »

— Car nous oublions souvent que nous n'avons qu'un but sur terre, gagner le ciel. « C'est Lui que je convoite, Lui que je cherche... »

Frevisse compléta la citation avec lui.

— « Et rien d'autre que Lui. »

Ce qu'exprimaient ces mots, elle s'y était vouée dès l'enfance. Ils sourirent de leur connivence devant ce qu'ils savaient n'avoir pas de prix.

Puis il dit :

— Puisque vous avez admis que je faisais un assassin potentiel, puis-je vous poser une question à propos de quelque chose dont je vous soupçonne ?

— Je vous en prie.

— Votre oncle possédait un psautier augmenté d'un recueil des évangiles qui ne se trouve plus ici. Nous avons cherché, maître Lionel et moi, il n'est nulle part. Or il était toujours très soucieux de le garder ici.

Frevisse esquissa un sourire, se contentant de lever un sourcil sans mot dire. Le père Philip poursuivit :

— Je pense que vous savez à quoi je fais allusion. Après avoir quitté l'évêque, lors de votre premier entretien, vous portiez un paquet soigneusement enveloppé, de la taille de ce livre. Je crois qu'il vous l'a donné, suivant, peut-être, les recommandations de votre oncle.

Il baissa la voix et se pencha vers elle.

— C'est une copie en langue vernaculaire de la traduction de John Wycliffe.

Une cinquantaine d'années auparavant, John Wycliffe avait eu l'audace de traduire la Bible en anglais, afin que chacun pût en prendre connaissance et méditer son message sans être soumis à l'interprétation ou à la censure de l'Église. S'il n'avait pas bénéficié de puissants soutiens parmi la noblesse, Wycliffe aurait été condamné et brûlé comme hérétique. Mais il mourut libre, dans son lit, et ce n'est qu'en 1417 qu'on avait déterré ses os pour les brûler et en disperser les cendres dans une rivière. Quoi qu'il en soit, dès le début, sa Bible en anglais avait été interdite, même si quelques copies étaient apparues dans certains endroits très inattendus, y compris des couvents. Chaucer avait gardé son exemplaire caché dans un recoin obscur, parmi des ouvrages de théologie anodins, et c'est là que Frevisse l'avait découvert quand elle n'était qu'une adolescente. Elle avait été enchantée de pouvoir le lire couramment, car déchiffrer le latin ne lui était pas facile et lui prenait beaucoup de temps. Chaucer n'y avait fait aucune objection et sa foi n'en avait pas souffert. En revanche, elle s'était affranchie des commentaires partiaux que certains prêtres ignorants se permettaient.

— L'avez-vous ? s'enquit le père Philip.

— Je ne l'ai pas vue, dit-elle, ce qui était la stricte vérité.

L'honnêteté l'obligea à préciser :

— Mais je n'ai pas ouvert le paquet que l'évêque Beaufort m'a remis.

Maître Lionel se redressa, une liasse de papiers sous le nez, et fixa la pièce dans sa direction. Sa façon soudaine de s'intéresser à autre chose que ce qui se trouvait à portée de sa main attira leur attention à tous deux. Sans apparemment se rendre compte qu'on l'observait, il maugréa :

— Les femmes. Allez donc savoir où elles mettent les pieds, quand bien même ce serait dans leurs chaussures.

Le père Philip hocha du chef, soulagé.

— Il doit donc s'agir de celui-ci. Je craignais qu'il ne fût égaré, ou entre les mains de quelqu'un qui ne devrait pas l'avoir. Mais votre oncle en aura pris soin.

Il la regarda.

— Je ne dirai à personne que je sais où il est. Car, en fait, je l'ignore.

— Quant à moi, si on m'interroge, je peux sans mentir affirmer qu'il n'est pas en ma possession, pour autant que je le sache. Si j'en ai une idée, cela me regarde seule.

Ils échangèrent un franc sourire, ravis de ces sophismes. Un vent violent fit trembler les volets. La natte de jonc frémit au passage d'un courant d'air froid qui raviva brutalement la flambée. Frevisse tendit les épaules en arrière et se remit d'aplomb sur son tabouret.

— Je suis restée assise trop longtemps. J'ai d'autres questions à poser. Les domestiques qui ont servi lors du banquet m'en apprendront peut-être plus.

Le père Philip redevint sérieux, affichant un masque grave.

— Ce n'est pas une affaire que l'on puisse abandonner à la légère. Cependant, dans une certaine mesure, il ne me déplairait pas, s'agissant du coupable, de m'en remettre au jugement de Dieu et à sa miséricorde.

Frevisse n'avait jamais envisagé les choses sous cet angle et, avant qu'elle ait pu répondre, il demanda :

— Qu'est-ce qui a amené notre seigneur l'évêque à penser que la mort de sir Clement était due à la main de l'homme plutôt qu'à celle du Tout-Puissant ?

— Il dit avoir trop souvent entendu sir Clement appeler sur lui le jugement de Dieu. Il ne voit pas pourquoi, en ce moment précis, Dieu aurait choisi de lui répondre. Il veut être sûr que c'est bien Lui qui a décidé de l'occasion et non pas un simple mortel.

— Et, pour l'heure, vous estimez qu'il ne s'agissait pas de Dieu. Pourquoi ?

Frevisse réfléchit à sa réponse car elle n'était pas vraiment sûre de savoir à quel moment elle avait changé d'opinion, ni comment cela était arrivé, mais elle finit par dire :

— En partie parce qu'il me semble que, pour Dieu, c'est une façon peu raisonnable de tuer un homme. La leçon eût été bien mieux comprise par le reste de l'assemblée s'il l'avait fait mourir pendant le banquet.

— Et, en ce domaine, vous estimez pouvoir comprendre les intentions divines ?

Frevisse ignora la raillerie. Au lieu de quoi elle déclara :

— Dans *Le Nuage d'Inconnaissance*, il est dit que chacun va vers Dieu à son pas. À entendre aujourd'hui certains hommes qui connaissaient sir Clement, celui-ci avait changé. Il était moins violent que naguère et n'invoquait plus le jugement divin aussi souvent. Peut-être était-ce sa façon à lui, lente et tortueuse, de se rapprocher de Dieu ? Dieu reprendrait-il la vie d'un homme encore profondément plongé dans le péché alors qu'il commençait à peine à chercher la rédemption ?

— Oui, affirma le père Philip. Il pourrait le faire, et j'ai des raisons de le penser.

Il attendit et, comme elle ne répondait pas, il ajouta :

— Mais ce ne sont pas ces raisons qui vous poussent à continuer.

Frevisse regarda les flammes jouer parmi les bûches, cherchant à définir sa pensée avant de répondre.

— Non, il est vrai. Je veux savoir ce qui est arrivé. Ce qui est réellement arrivé, non pas ce que nous imaginons. Je veux savoir s'il faut compter avec une intervention *humaine*, ou s'il s'est effectivement agi d'un acte de Dieu punissant un pécheur.

Ce fut à elle d'attendre la réponse du père Philip. Il ne fit aucun geste, mais, comme elle, demeura assis à contempler les flammes.

Frevisse frotta son visage là où la peau était sèche à cause de la chaleur et finit par dire :

— J'ai aussi souvenir de cette ancienne histoire, entre le diable et un huissier ecclésiastique[1]. Un jour qu'ils voyageaient de concert, le diable refusa de s'emparer d'un chariot et de son attelage, alors que leur conducteur, pris d'un accès de colère, venait de les vouer à l'enfer. Mais, plus tard, comme l'huissier tourmentait une vieille femme et que c'est *elle* qui l'envoyait au diable, celui-ci emporta l'huissier sur-le-champ, car, à l'entendre, il savait reconnaître un vœu sincère quand il en entendait un. J'aimerais que nous puissions penser qu'hier, au moment où sir Clement a demandé le jugement de Dieu, il ne se moquait pas, ne serait-ce qu'en ce seul instant, et que Dieu l'aura satisfait. J'aimerais pouvoir le croire. Pourtant je ne le puis.

Elle attendit, mais le père Philip ne dit mot. Le feu craquait doucement dans le silence et elle ne regarda pas le prêtre car elle savait qu'il l'observait et elle ne voulait pas lui laisser voir son expression.

Ce fut un soulagement quand sœur Perpetua, sortant

1. Cf. « Conte du frère », in *Contes de Canterbury. (N.d.T.)*

de l'ombre dans laquelle était plongée l'entrée, brisa le silence entre eux, lançant, enthousiaste :

— Ainsi, vous êtes là, mère Frevisse ! Je vous ai cherchée partout !

— Et je suis revenue, pensant vous retrouver, répondit Frevisse.

Conscients de l'excitation de sœur Perpetua, elle et le père Philip se levèrent.

— Vous l'avez ?

Avec un sourire de triomphe, sœur Perpetua tendit un volume peu épais.

— Voilà, dans celui-ci, c'est exactement ce que vous désiriez.

Frevisse lui prit le livre des mains, très excitée.

— Galien, ma foi !

Le maître de tous les médecins, l'autorité seulement surpassée par Esculape en personne.

— C'est ici.

Sœur Perpetua reprit le livre et l'ouvrit à l'endroit où était glissée l'extrémité d'une plume.

— Sur la page de droite.

Elle indiqua le passage du doigt et Frevisse se mit à lire. Le père Philip s'approcha pour en faire autant, par-dessus son épaule. Quand ils eurent fini, il recula et tous se regardèrent un moment en silence.

— C'est maître Lionel qui l'a déniché, en fait, précisa sœur Perpetua. Il l'a trouvé et a dit qu'il se souvenait de quelque chose à propos de marques sur le corps et tout ça.

— Je n'en avais jamais entendu parler, avoua le père Philip, montrant le livre.

— Moi non plus, mais c'est bien cela. Une partie de ce dont j'avais besoin, dit Frevisse.

Sœur Perpetua eut l'air déconfit.

— Pas tout ?

— Je sais, de manière générale, ce qui l'a tué, mais sans plus de détails. J'ignore aussi qui lui a donné le poison. Et comment. Bien que je commence à deviner, ajouta-t-elle.

— Oh, mon Dieu, moi qui espérais avoir si bien fait ! soupira sœur Perpetua.

Frevisse lui tapota le bras.

— Vous avez été merveilleuse.

Elle haussa la voix.

— Et vous aussi, maître Lionel. Merci.

— Oh, j'ai oublié de vous dire, fit sœur Perpetua. Nous avons appris que l'enquêteur de la Couronne arrivera certainement demain, en fin de matinée.

— Dès lors, tout cela ne vous concerne plus, dit le père Philip à Frevisse.

Il avait raison. L'enquêteur prendrait connaissance de ce qu'elle avait appris et lui retirerait l'enquête car, en tant que nonne, et femme, cela ne la concernait nullement. L'évêque Beaufort serait satisfait. Quant à elle, elle pourrait retourner à son chagrin et veiller sur sa tante. Elle en aurait fini avec la mort de sir Clement. Pourtant, au printemps dernier, elle avait utilisé ses talents pour protéger un coupable des rigueurs de la loi. Elle ne saurait sans doute jamais si elle avait eu raison d'agir ainsi, ou si elle avait péché. Maintenant, elle se voyait accorder une chance de réparer en démasquant un autre meurtrier, bien plus coupable que celui qu'elle avait protégé.

— Non, répondit-elle au père Philip. Je n'en ai pas encore terminé avec cette affaire.

CHAPITRE XV

Beaufort attendait devant la fenêtre, observant cette triste journée. En contrebas, il voyait les eaux grisâtres des douves agitées par le vent; au-delà, les branches noires des ormes se tordaient, dressées vers le ciel. Il frissonna légèrement — le temps se gâtait d'heure en heure —, et se tourna vers la pièce au moment où l'un de ses secrétaires introduisait maître Broun, mère Frevisse et la nonne qui l'accompagnait.

Beaufort se rembrunit et s'assit dans son fauteuil aux bras incurvés, sans leur offrir son anneau à baiser ou leur suggérer de s'asseoir, eux aussi. Il s'attendait à voir mère Frevisse, flanquée de son inévitable compagne, mais non pas maître Broun, et n'appréciait pas cette audace. Devinant que c'est elle qui en avait eu l'idée et non pas lui, il demanda sèchement :

— Aviez-vous une raison de venir avec maître Broun, mère Frevisse ?

Maître Broun se montra surpris.

— Monseigneur, je pensais que vous désiriez me voir, que peut-être vous étiez souffrant. Les désagréments des derniers jours...

— Grâce à Dieu, ma santé est bonne.

Beaufort se faisait une règle d'éviter autant que possible d'avoir recours aux médecins. Si on leur en donnait l'occasion, ils vous trouvaient des maux imaginaires qu'ils affirmaient devoir traiter par des moyens dispendieux, généralement pénibles, et la plupart du temps inefficaces, pensait-il. Il comprenait trop bien lui-même combien il était difficile de résister au plaisir de tenter de forcer les choses quand on en avait le pouvoir pour ne pas le reconnaître chez autrui.

— Votre présence est le fait de mère Frevisse. Elle a demandé à me rencontrer.

Il fixa sur elle un regard qui l'avertissait de ne pas abuser de son temps. Elle s'inclina et, faisant preuve d'une concision admirable, elle déclara à maître Broun, non pas à lui :

— Votre opinion très experte en quelque affaire médicale m'était nécessaire et j'ai pensé que vous en feriez part avec d'autant plus de diligence et d'attention que vous sauriez Son Excellence le cardinal également intéressé.

Une fois encore, les yeux de maître Broun allèrent de son visage à celui de Beaufort.

— Monseigneur, je ne comprends pas.

— Moi non plus, répondit le cardinal, et j'ose penser que mère Frevisse va nous éclairer.

Celle-ci, qui gardait la tête un peu penchée, les mains sagement glissées dans ses manches, était l'image même du respect quand elle fournit une explication à maître Broun.

— Vous avez assisté à la mort de sir Clement. Vous vous souvenez sans doute que nous en avons parlé, après coup.

Maître Broun s'inclina dignement, en manière d'acquiescement, et demeura silencieux.

Elle poursuivit.

— À partir de certains éléments dont nous avons eu connaissance depuis, il semblerait qu'il ait été empoisonné.

Choqué, maître Broun se signa deux fois avant de protester auprès de Beaufort.

— Monseigneur, on aura rarement vu intervention divine aussi éclatante.

Il se tourna vers sœur Frevisse.

— Vous aurez remarqué l'empreinte rouge d'une main sur son visage...

— Non pas, répondit-elle. J'ai seulement vu des marques, et pas le moindre dessin. Tous ceux que j'ai interrogés sont dans ce cas. S'il y avait trace d'une main, vous seul l'aurez aperçue.

Elle était tout aussi convaincue de son affirmation que le médecin de la sienne et, pour prévenir les protestations de maître Broun et éviter que la discussion ne dégénère, Beaufort déclara :

— Ma mère, cette histoire de main a-t-elle un rapport avec notre affaire ?

— Non, monseigneur.

— Eh bien, oublions-la.

Il y avait un avertissement implicite dans ces paroles. Pour que maître Broun y fût également sensible, il ajouta :

— J'ai demandé à mère Frevisse de se renseigner plus avant sur les circonstances de la mort de sir Clement et de me faire part de son opinion. Je vous prierai d'être attentif et de répondre à ses questions du mieux que vous pourrez.

Maître Broun regarda mère Frevisse du coin de l'œil et attendit, incapable de dissimuler sa désapprobation.

Elle-même ne montrait rien de ses pensées et c'est d'une voix toujours respectueuse qu'elle dit :

— Le poison semble l'explication la plus probable...

— Monseigneur, je vous assure qu'il n'existe

aucun poison de la sorte, intervint maître Broun. Certes, je ne suis pas très versé en ces questions...

Son ton laissait entendre que nul médecin digne de ce nom ne l'était.

— ... mais je suis très au fait de la pharmacopée et il n'existe aucune médecine, aucune plante, aucune recette susceptible de provoquer les symptômes observés sur sir Clement.

Il prit Frevisse à témoin de sa bonne foi.

— En outre, j'ai effectivement remarqué l'empreinte d'une main, comme si Dieu l'avait frappé au visage.

Il se retourna vers Beaufort.

— Un signe surnaturel et très édifiant, qui a disparu après sa mort, affirma-t-il.

— Les voies de Dieu sont mystérieuses, murmura l'évêque.

À part lui, il se fit la réflexion que cette remarque pouvait aussi s'appliquer aux hommes.

— Mère Frevisse ?

D'une voix très douce — mais Beaufort sentit qu'il commençait à se lasser de cette manière de parler —, elle répondit :

— Le *Materia Medica*, trouvé dans la bibliothèque de maître Chaucer, confirme entièrement les propos de maître Broun. Je n'ai pu trouver aucun poison qui agisse comme celui dont nous parlons.

Maître Broun hocha du chef, satisfait.

— Mais voici autre chose.

Elle retira les mains de ses manches, où elle les avait dissimulées tout ce temps. L'une d'elles tenait un livre. Elle le tendit à maître Broun et dit, modeste :

— Je ne suis pas certaine... mon latin est si sommaire... mais on y trouve quelque chose. Voudriez-vous regarder ?

Au lieu de quoi, maître Broun leva les yeux vers Beaufort, espérant à l'évidence qu'il lui épargnerait une telle absurdité. Beaufort indiqua le livre d'un signe de tête et, non sans réticence, le médecin s'en saisit. On y avait inséré un signet. Il ouvrit l'ouvrage et mère Frevisse lui indiqua du doigt un passage.

— C'est là, dit-elle. Pouvez-vous nous dire ce qui est écrit ?

Maître Broun referma alors le livre pour prendre connaissance de son titre sur la couverture.

— Galien, fit-il remarquer.

— Une autorité qu'on ne saurait négliger, ma foi, observa Beaufort quelque peu impatienté.

Les chamailleries d'autrui le laissaient de marbre.

Maître Broun prit rapidement connaissance du texte que lui avait signalé mère Frevisse. Elle et Beaufort attendirent en silence qu'il l'ait entièrement parcouru. Il le relut avant de lever les yeux et de déclarer, d'un ton solennel destiné à souligner le fond de sa pensée en la matière :

— Je me souviens d'avoir lu ce passage lors de mes études à Oxford mais, jamais, dans toutes mes années de pratique, je n'ai été confronté à un cas qui me l'eût rappelé, avant aujourd'hui.

— Ce qui signifie ? demanda Beaufort.

Il avait usé d'un ton suffisamment tranchant pour que maître Broun en vînt au fait.

Celui-ci, maintenant sûr de lui, fit une réponse mûrement pesée :

— Ce qui signifie que les symptômes relevés chez sir Clement avant sa mort... le souffle court, les rougeurs sur le visage, le cou et les bras, la forte démangeaison... peuvent à n'en pas douter se produire, dans telles ou telles circonstances, en fonction du poison contenu dans certains aliments.

Perdant patience, surtout parce que mère Frevisse, qui connaissait déjà la réponse, les obligeait, lui et maître Broun, à se rendre à ses arguments, Beaufort lança :

— Mais tout ce que sir Clement a bu et mangé lors du banquet, ne l'a-t-il pas partagé avec d'autres ? Oui ou non ? demanda-t-il à Frevisse. À moins que vous n'en sachiez plus ?

— Oui, d'autres ont bu et mangé exactement les mêmes choses, confirma-t-elle.

Maître Broun leva une main autoritaire pour prévenir tout commentaire.

— Il vous faut savoir qu'il existe des aliments... c'est exceptionnel, mais je me rappelle un camarade étudiant, quand j'étais à Oxford, qui ne mangeait jamais de fromage ; il disait que cela le rendait malade et il avait invoqué le témoignage de Galien à ce propos. Maintenant, oui, je me souviens... (il tapota le livre qu'il avait gardé à la main)... qu'il est des aliments qui, bien que parfaitement sains, provoquent chez certains des troubles tels que nous les avons vus chez sir Clement.

Il s'échauffait, emporté par son sujet. Il continua avec enthousiasme.

— Même si on se contente de les toucher, ils peuvent être à l'origine de démangeaisons et de désagréments sérieux. Enfin, si l'ingestion initiale d'un aliment particulier néfaste à une personne peut ne provoquer qu'une réaction légère, à la longue, l'accumulation des effets se fait ressentir de sorte qu'il suffit d'en manger une fois de trop pour qu'apparaissent des troubles capables d'entraîner la mort, même si les premières attaques n'étaient pas mortelles.

— Et c'est pourquoi sir Clement n'avait pas l'air

terrifié quand je l'ai vu recouvrer en partie ses forces dans la chambre du père Philip, intervint Frevisse. Il avait déjà connu cela et pensait savoir à quoi s'attendre.

— Pour être bref, dit Beaufort, il se trouvait un produit dangereux pour sir Clement, et pour personne d'autre que lui, dans les nourritures du banquet. Il l'a mangé à son insu et en est mort.

— Je crois que cela pourrait tout expliquer, oui, confirma maître Broun.

— Ainsi, vous ne pensez plus qu'il a été frappé par la main de Dieu, fit mère Frevisse, acerbe.

Maître Broun rougit et se redressa pour la foudroyer du regard.

— Non, cela ne semble plus vraisemblable, concéda-t-il.

— Merci à vous deux, dit sèchement Beaufort, sans laisser à Frevisse le temps de répondre. Vous nous avez été très utile, maître Broun. Incomparablement utile. Nous saurons vous témoigner notre satisfaction. Cependant, je vous demanderai, à tous deux, de garder le silence à ce sujet, pour l'instant du moins.

C'était une requête qu'il savait être reçue comme un ordre. Maître Broun, calmé par les louanges et la promesse d'une récompense, s'inclina en signe d'acceptation.

— Comme il vous plaira, monseigneur.

— Nous ne vous retenons plus. Mère Frevisse, nous vous demandons de rester, ajouta-t-il, d'un ton plus sévère.

Le médecin lui lança un regard en biais, pas mécontent d'apprendre qu'elle risquait quelques reproches, et se retira après une révérence.

Un fois la porte fermée, Beaufort fit signe à Frevisse de prendre place face à lui et, posant les coudes sur les bras de son fauteuil, les mains sagement serrées devant lui, il l'observa un moment en silence. Elle demeura imperturbable sous son voile, montrant plus de fermeté que certains grands lords du royaume qui avaient dû supporter ce regard.

— C'était bien joué, finit-il par dire.

Elle inclina la tête, sensible au compliment, et répondit :

— Je ne suis pas certaine qu'il se serait montré aussi coopératif sans votre présence.

— Ce qui explique pourquoi vous avez demandé à me voir. Félicitations. Vous semblez avoir surmonté les faiblesses de votre sexe, acceptant même de passer outre à votre amour-propre, qui eût pu vous interdire de faire appel à mon autorité pour le convaincre. Vous avez abordé cette affaire avec logique, et non sans témérité.

Il était curieux de voir sa réaction, mais elle demeura longtemps silencieuse. Il se dit que, comme chez Thomas, il n'était guère facile de lire sur son visage.

C'est d'une voix égale qu'elle répondit enfin :

— Je n'ai jamais remarqué que l'amour-propre fût particulier à l'un ou l'autre sexe, et, si Votre Excellence me le permet, je dirai que j'ai connu autant d'hommes que de femmes au comportement illogique, sinon plus. Par ailleurs, je n'ai jamais considéré... en dépit de toutes les histoires qu'on raconte et que les hommes semblent admirer... que la témérité était une vertu si elle n'était tempérée par la sagesse.

C'était dit sur un ton tellement policé, sans aucune altération de son visage ou de sa voix, qu'il fallut un moment à Beaufort pour comprendre qu'elle venait de refuser catégoriquement le compliment qu'il lui avait adressé.

— Vous n'accordez pas foi à l'opinion de Thomas d'Aquin qui considère les femmes d'une nature essentiellement plus faible ?

— Le vénéré saint Thomas d'Aquin fait allusion à la fragilité constitutive de leur âme et à leur manque de force physique, en quoi on ne saurait les comparer à l'homme. Mais nous parlions de mon esprit et, à ce propos, saint Thomas, si j'ai bonne mémoire, a dit : « L'image de Dieu dans sa principale manifestation, à savoir, l'intellect, se retrouve tant chez l'homme que chez la femme. »

— Dès lors, vous considérez que la femme est l'égale de l'homme.

— Aux yeux de Dieu, oui. Et, au vu de nos capacités à Le servir, sans aucun doute. Mais, lors de la Création, il nous fut assigné d'être au service de l'homme. Cela, je veux bien l'admettre.

Elle sourit, de manière inattendue, ce qui la fit paraître beaucoup plus jeune, bien qu'il fût impossible de deviner son âge sous l'anonymat de l'habit noir, de la guimpe qui l'emprisonnait et du lourd drap du voile.

— Par contre, je pense que vous voudrez bien reconnaître la vérité du vieil adage selon lequel, puisque la femme fut créée en dernier, Dieu la fit meilleure.

Beaufort ne se priva pas de rire.

— Voilà bien la manière de Thomas ! Balayer un argument par une saillie on ne peut plus pertinente.

Comme celle de Beaufort, c'est d'une voix chaleureuse que mère Frevisse évoqua la mémoire d'un homme que tous deux avaient aimé.

— Il fut un excellent maître.

— Cependant, en dépit de votre savoir et d'une intelligence peu ordinaire, vous étiez prête à partager avec maître Broun ce que vous aviez appris sur la mort de sir Clement.

— On doit accepter certaines réalités. J'ai appris à m'y conformer, tout en agissant aussi bien que Dieu m'en a donné la capacité.

— En mettant à profit cet esprit dont il vous a fait don et qui égale celui de l'homme.

Elle accepta la pique en lui répondant avec une solennité quelque peu moqueuse.

— Ou le dépasse. Mais peu importe l'intelligence que l'on peut me reconnaître, l'enquêteur de la Couronne acceptera d'autant mieux la preuve de la mort de sir Clement qu'elle lui sera fournie par maître Broun et non par moi.

Beaufort confirma d'un hochement de tête.

— Ainsi donc, cette mort était accidentelle.

— Non. Je suis persuadée qu'il s'agissait d'un meurtre.

— *Comment ?*

Tout ce temps, ils avaient conversé à voix basse et son exclamation fit lever le nez de leurs travaux à plusieurs de ses clercs. Il baissa aussitôt le ton.

— Expliquez-vous, ordonna-t-il, sans chercher à dissimuler son étonnement.

— Il se peut que sir Clement ait été au courant de son mal. Plusieurs personnes m'ont dit qu'il refusait de manger certains aliments... ou un aliment en particulier, j'ai besoin de poser des questions plus précises pour le savoir. Il avait envoyé un de ses gens dans la cuisine pour être sûr de ce qu'on lui servirait au banquet. On peut penser qu'il n'ignorait pas qu'un mets en particulier le rendait malade, auquel cas il aurait refusé d'en manger. Quoi que ce fût, on a dû l'introduire délibérément et en secret dans sa nourriture pendant le repas.

— Le père Philip pourrait donc bien être coupable, après tout.

— Je suis certaine que quelqu'un est coupable. Je doute que ce soit le père Philip.

Beaufort haussa les sourcils.

— Pourquoi ?

— Parce qu'il n'en a pas eu l'occasion. Il aurait fallu glisser ce poison dans la nourriture de sir Clement après qu'on eut emporté le plat de la cuisine. Que je sache, le père Philip n'en a pas eu la possibilité. En outre, il m'a avoué qu'il possédait des documents susceptibles d'infirmer la réclamation éventuelle de sir Clement à son propos. Il n'avait donc aucune raison d'agir.

— Vous l'avez cru quand il vous a parlé de ces documents ?

— Il se peut qu'il ait menti, mais ce serait un mensonge trop facile à établir.

— Et le père Philip n'est pas stupide. Mais il aurait pu se comporter en homme désespéré si ces documents n'avaient pas existé, auquel cas, il avait la possibilité de monter une machination avec l'aide d'une personne mieux placée pour empoisonner sir Clement lors du banquet.

— Les trois personnes les plus à même d'agir et qui auraient eu les meilleures possibilités de le faire sont : la pupille de sir Clement, son cousin et son neveu. Tous, qu'ils s'associent ou non au père Philip, en avaient l'occasion et les bonnes raisons ne leur manquaient pas. Enfin, si nous estimons que le père Philip a effectivement menti à propos des documents, il ne faut pas oublier son frère, qui était l'huissier du banquet.

— Et comment pensez-vous établir la culpabilité éventuelle de l'un d'entre eux, qu'il ait agi seul ou avec le père Philip ? Ou préférez-vous maintenant remettre l'affaire entre les mains de l'enquêteur ?

Demain, à son arrivée, il prendra connaissance de ce que vous avez appris et je ne doute pas qu'il en fasse bon usage.

Elle hésita avant de répondre.

— J'ai quelques éléments de réponse, et je pense savoir comment trouver ce qui me manque. Avec votre permission, j'aimerais me retirer.

Il inclina gravement la tête.

— Je vous l'accorde. Et si mon aide vous est nécessaire, pour tout ce qui touche à cette affaire, n'hésitez pas.

CHAPITRE XVI

L'après-midi touchait à sa fin et Frevisse avait l'intention de parler une fois encore à Guy et à lady Anne, ainsi qu'à Jevan. Dans l'entourage de sir Clement, c'était lui le grand bénéficiaire de sa mort — il était libéré de son oncle après avoir enduré une vie d'humiliations — et le grand perdant — il se voyait privé de moyens d'existence et de tout espoir de conquérir lady Anne, au profit de Guy. Frevisse voulait savoir comment il se sentait et ce qu'il en pensait, et pas seulement parce qu'il était concerné par la mort de sir Clement. C'était aussi un ami de Robert et elle aimait ce dernier, en dépit de leurs rares occasions de se rencontrer.

Cependant, le devoir et l'affection la poussèrent d'abord à se rendre dans la chambre de sa tante. La pièce était plongée dans l'ombre, les volets clos et les rideaux du lit tirés. Les femmes qui s'y trouvaient s'occupaient sans mot dire à diverses tâches et elles lui firent signe de garder le silence dès qu'elle entra. Alice, assise sur la banquette de la fenêtre, devant un volet légèrement ouvert de manière à laisser entrer suffisamment de lumière pour pouvoir lire le livre posé sur son giron, indiqua d'un geste à Frevisse de venir s'asseoir auprès d'elle. Derrière les rideaux du lit, on percevait la respiration régulière de tante Matilda, preuve qu'elle dormait profondément.

— Elle s'est réveillée il y a peu, murmura Alice, et a mangé du bouillon et du pain trempé dans du lait.

— Et vous avez su la persuader de se rendormir ?

Alice sourit.

— Disons plutôt que je ne lui ai pas laissé le choix. Il y avait un soporifique dans son vin. Maître Broun dit que plus elle dormira maintenant, mieux elle s'en portera.

Sur ce point au moins, Frevisse voulut bien être de son avis.

— Qu'en est-il de vous ? Si vous désirez sortir un moment, je peux la veiller.

Alice secoua la tête.

— C'est ici que j'ai envie d'être, avec Mère, pour prier. Je vais bien.

Consciente d'avoir négligé ses devoirs religieux en cette journée, Frevisse baissa les yeux sur le livre de sa cousine, un manuel de prières, ouvert sur les psaumes en latin. Cela lui rappela la traduction de Wycliffe dans son paquet, posé quelque part parmi ses affaires, dans la chambre. Elle chassa rapidement de son esprit le sentiment de culpabilité et de plaisir que cette pensée lui avait procuré et demanda :

— Pourrais-je vous aider d'une manière ou d'une autre ?

— Mère était préoccupée. Elle aurait voulu que quelqu'un aille faire part de notre sympathie à la famille de sir Clement, pour la perte qu'elle a subie. Voudriez-vous lui transmettre nos condoléances et expliquer pourquoi Mère ou moi-même sommes dans l'impossibilité de le faire ? J'aurais bien demandé à William, mais il refusera. Il ne veut plus rien avoir à faire avec sir Clement.

— Je serai heureuse d'y aller.

Frevisse s'abstint d'ajouter qu'elle avait déjà parlé à la famille.

— Même si je crains que personne, eux pas plus que quiconque, n'en éprouve un chagrin insurmontable. On n'aimait pas sir Clement.

— Que Dieu nous préserve de finir ainsi, dit Alice. C'était horrible à voir, surtout quand on sait qu'il s'était montré provocant.

Toutes deux se signèrent. Mais, pour égayer l'humeur d'Alice, Frevisse ajouta :

— Cela dit, il y a longtemps qu'il le cherchait, et il s'était mis tout le monde à dos.

— Assurément, confirma Alice, quelque peu amusée. Il a même réussi, entre la mort de Père et la sienne, à dresser mon époux contre lui, sans grande difficulté.

— Et comment? s'enquit Frevisse, surprise.

— En évoquant le litige qu'il avait avec Père à propos d'une propriété. Il refusait de l'oublier, ne serait-ce que pendant ce court instant consacré aux funérailles. William était furieux de tant de grossièreté et pour la raison aussi que, à supposer même que tout ne soit que du vent, les honoraires des hommes de loi n'en seraient pas moins importants, si cela devait aller aussi loin.

— Je doute que quelqu'un regrette sa mort.

— Certainement pas William. Bien, l'enquêteur sera là demain, m'a-t-on dit, et tout sera terminé. J'imagine que la famille de sir Clement emportera le corps dès qu'elle en aura reçu l'autorisation?

— Je le crois aussi.

— J'ai dit à maître Gallard de les prévenir que nous les aiderons de notre mieux.

— Et, je vous prie, n'hésitez pas à faire appel à moi, quand il vous plaira.

— Vos prières, répondit Alice en souriant. Vos prières, c'est certainement ce que je désire le plus. Et votre amitié, ajouta-t-elle, aussi surprise de prononcer ces mots que Frevisse de les entendre.

Frevisse lui rendit son sourire, consciente de l'affection grandissante qu'elle éprouvait pour une cousine qu'elle connaissait à peine.

— Vous pouvez compter sur les deux. Oui, il me plairait de gagner votre amitié, maintenant que vous n'êtes plus pour moi une source de contrariété, précisa-t-elle, taquine.

— Moi, une source de contrariété ? Mais comment donc ? demanda Alice d'un ton plaisant qui répondait à celui de Frevisse.

— Parce que vous pouviez rester assise des heures à coudre ou occupée à quelque autre tâche que vous avait demandée votre mère sans jamais paraître vous ennuyer. Vous sembliez toujours très contente de votre sort, quand moi je n'avais de cesse de vivre différemment ou de m'occuper à autre chose.

— Sauf quand vous lisiez, remarqua Alice, perspicace.

— Sauf quand je lisais, confirma Frevisse, et elles rirent ensemble.

Aussitôt, les servantes de Matilda leur demandèrent de faire silence et elles baissèrent la tête pour mieux rire sous cape, en se dissimulant derrière leurs mains.

Alice finit par avouer, dans un murmure :

— Pour moi aussi vous étiez un sujet de contrariété. Vous aviez voyagé partout et vu tant de choses, semblait-il, et Père, apparemment, vous laissait libre de passer tout le temps qu'il vous plaisait avec ses livres. Ce n'est qu'après votre départ que j'ai osé insister auprès de lui pour avoir des livres, tout comme vous.

— Je n'ai jamais su qu'ils vous intéressaient.

— Je n'étais pas censée l'être. J'étais la fille de ma mère et cela suffisait.

— Mais vous ne vous en êtes pas contentée.

— Non, répondit fermement Alice. Certes non.

Frevisse eut un grand sourire.

— Oh, oui, je crois bien que nous pourrions devenir d'excellentes amies.

Frevisse trouva lady Anne seule dans sa chambre, si l'on excepte ses deux servantes, et, comme Alice, elle était assise près de la fenêtre, un livre ouvert sur les genoux, tandis que ses servantes triaient des affaires dans son coffre de voyage. La lumière froide et grisâtre de cette journée donnait à ses cheveux blonds habituellement si adorables une nuance cendreuse, ce qui ne l'empêchait pas pour autant de paraître pâle, avec des cernes délicats sous les yeux, comme si elle n'avait pas aussi bien dormi qu'on eût pu le penser.

En s'approchant d'elle, Frevisse s'étonna de voir qu'elle lisait, elle aussi, un livre de prières, ouvert au chapitre de l'Office des morts. Lady Anne, à laquelle n'avait pas échappé son regard surpris, expliqua :

— Je me demandais si, après tout, on pouvait conserver quelque espoir de salut pour sir Clement. Je me disais qu'il serait très désagréable d'arriver au purgatoire et de tomber sur lui, en train de nous attendre.

— À mon avis, s'il parvient à aller aussi loin que le purgatoire, il sera bien trop occupé par sa propre rédemption pour troubler le souci que vous aurez de la vôtre.

Lady Anne ne fut pas sensible à l'ironie de Frevisse. Elle se contenta de considérer cette idée un moment avant de répondre :

— Je suppose que vous avez raison.

Elle referma l'ouvrage et le lança à une de ses servantes.

— Asseyez-vous, je vous prie.

Frevisse soupçonna lady Anne de se comporter en suivant son humeur et, peut-être, en fonction du rang social de son interlocuteur, car, en dépit de l'air juvénile et vulnérable qu'elle offrait, assise là toute pâle dans la lumière hivernale, ses yeux bordés d'ombres légères, il était évident qu'elle avait un caractère volontaire et égoïste et qu'elle faisait peu de cas d'autrui du moment qu'elle n'était pas directement concernée.

Frevisse s'assit, croisa ses mains dans ses manches et dit d'une voix douce :

— Je ne doute pas que, pour chacun d'entre nous, il demeure toujours un espoir de gagner le ciel, même pour quelqu'un d'aussi visiblement éloigné de la grâce que sir Clement.

— Ce n'était pas seulement une apparence. Il se réjouissait des peines d'autrui. En outre, Dieu ne l'aurait pas frappé comme il l'a fait s'il ne l'avait mérité.

Lady Anne avait parlé d'une voix neutre, sans méchanceté. Sir Clement avait cessé de représenter un problème pour elle ; elle ne tarderait pas à l'expulser définitivement de sa vie. Mais, par égard pour Frevisse, elle poursuivit :

— Même si, bien sûr, nous devrions souhaiter que tout se passe bien pour lui. Vous avez dû prier dans ce but. Vous avez consacré votre vie à cette forme de charité.

— À la volonté de Dieu, plutôt, corrigea Frevisse.

Lady Anne fronça joliment ses jolis sourcils.

— Cela doit être très étrange de se vouer corps et âme à autrui. À la volonté de votre prieure, à celle de votre abbé et à celle de votre évêque. Je suppose que vous devez même respecter le pape. Vous n'avez aucune vie personnelle !

— On s'y habitue, dit Frevisse, amusée par l'incompréhension complète dont faisait preuve la jeune fille. Même au pape. C'est le principal problème, quand on se donne à Dieu... il vous faut également vous soumettre à la volonté de gens qui ne sont pas toujours d'essence divine.

— Ce qui vous rend plus sûre de gagner le ciel, j'imagine, dit lady Anne, perplexe.

À l'évidence, elle estimait pouvoir trouver un meilleur moyen d'y parvenir sans devoir passer par de si grands sacrifices. Par ailleurs, la conversation commençait à l'ennuyer. Sa blanche main se crispa sur les plis de sa robe.

— En fait, je suis venue vous voir de la part de la comtesse Alice, de sa mère et de son époux, pour vous exprimer notre profonde sympathie à la suite de la perte que vous avez subie et vous assurer qu'ils feront tout pour faciliter votre séjour.

Le visage de lady Anne s'illumina.

— Comme c'est aimable ! Il occupe un rang important à la Cour, n'est-il pas vrai ? Le comte de Suffolk ? Et il est bien plus charmant que cet horrible évêque de Winchester.

— Sans doute, oui, dit Frevisse d'un ton qui ne l'engageait pas.

— Mais avez-vous appris quand l'enquêteur de la Couronne est censé arriver ? Cette attente est des plus fastidieuses.

— Demain, avec certitude.

— Et nous rentrerons chez nous pour nous marier et serons débarrassés de tous ces désagréments qui pourraient nous rappeler sir Clement ! N'est-ce pas magnifique ?

— Ma mère ? demanda Guy depuis l'entrée.

Les servantes abandonnèrent leurs occupations et se levèrent pour le saluer. Lady Anne bondit sur ses pieds et s'avança vers lui, lançant d'une voix enjouée :

— Mère Frevisse est venue nous offrir les condoléances de la famille pour la mort de sir Clement. Elle dit que l'enquêteur sera ici demain sans faute. Nous pourrons rentrer chez nous !

— Quand il en aura fini avec son enquête, lui rappela Frevisse.

Lady Anne eut un geste dédaigneux.

— Bien peu de questions se posent. Sir Clement est mort et c'était l'œuvre de Dieu. Nous en avons tous été témoins.

Frevisse s'était levée à l'arrivée de Guy. Affichant son plus beau sourire de nonne pleine de modestie, elle se rassit. Lady Anne lui décocha un regard laissant entendre qu'ils lui sauraient gré qu'elle se retire sans tarder, mais Frevisse fit semblant de ne pas le remarquer et ils n'eurent d'autre choix que de demeurer en sa compagnie. Lady Anne avait du mal à dissimuler sa contrariété. Frevisse leur sourit à tous deux et déclara :

— Ma cousine, la comtesse de Suffolk, m'a priée de vous dire que nous nous tenons à votre entière disposition. Il vous suffit de demander.

Comme elle s'y attendait, à la mention de sa cousine, Guy lui prêta une attention plus respectueuse.

— Remerciez Son Excellence pour sa gentillesse. Nous allons très bien. Si l'on peut dire, ajouta-t-il, se souvenant qu'il devait manifester un peu de chagrin, pour ménager les apparences, au moins. Nous nous sommes occupés de tout et les bagages sont faits. Dès que l'enquêteur nous y autorisera, nous partirons.

À en juger par le regard chaleureux qu'ils échangèrent, il aurait volontiers pris les mains de lady Anne dans les siennes pour partager avec elle le plaisir de se retrouver bientôt libres. Mais la présence de Frevisse le gênait.

Elle les aurait quittés avec joie, cependant elle avait encore besoin qu'ils répondent à quelques questions.

— Est-ce que les biens de sir Clement étaient tous inaliénables, de sorte qu'ils vous reviennent dans leur totalité ou en a-t-il exclu certains dans son testament ?

— Ils sont tous inaliénables, répondit Guy avec entrain. Il était trop pris par ses querelles pour consacrer du temps à accroître son bien. Tout m'appartient.

— Il aura sans doute laissé quelque chose à Jevan Dey, qui était le seul autre membre de sa famille ? Jevan est bien le *seul* autre membre de sa famille, n'est-ce pas ?

— Oui, mais rien n'a été prévu pour lui. Sir Clement a toujours été clair à ce propos.

— Pourtant, il l'a parfaitement servi, d'après ce que j'ai pu entendre. D'ailleurs, même au banquet, personne d'autre que Jevan ne s'occupait de lui, si je ne me trompe ?

— Non, seulement ce bon vieux Jevan.

— Sauf pour le vin. Quelqu'un d'autre s'en occupait, précisa lady Anne.

— Il en donnait à tous ceux qui se trouvaient de ce côté-ci de la table, dit Guy. Mais, s'agissant de la nourriture, Jevan seul lui portait les plats. Serviable comme pas un, mais il n'en sera pas plus avancé ! C'est moi qui hérite de tout et Jevan recevra exactement son dû pour avoir léché les bottes de sir Clement pendant toutes ces années.

— Et le salaire qu'il mérite pour vous avoir mis dans l'embarras devant sir Clement quand l'occasion se présentait, ajouta lady Anne. Ce maudit massepain !

— Pour ça aussi, oui, acquiesça Guy.

— Le massepain ? demanda Frevisse. Vous en avez déjà parlé, n'est-ce pas ?

— C'est Jevan qui en a eu l'idée quand Guy lui a demandé quel cadeau il pouvait offrir à sir Clement. Par la suite, celui-ci n'a jamais manqué de le lui reprocher en termes grossiers.

— Mais Jevan a pu agir en toute innocence, ignorant que cela provoquerait la fureur de sir Clement, suggéra Frevisse.

— Je doute que mon cousin ait jamais agi innocemment. Dans ce cas, il avait l'intention de nuire, se montrant bien semblable en cela au comportement habituel de sir Clement. Comme on dit : « Qui se ressemble, s'assemble », et ils se ressemblaient beaucoup plus qu'on ne le croirait.

Guy se renfrogna.

— Non, quand Jevan m'aura montré tout ce que j'ai besoin de savoir pour m'occuper des affaires du manoir, je m'en débarrasserai, voilà tout.

Frevisse prit un air songeur.

— Avant votre venue, lady Anne et moi-même nous entretenions du salut de sir Clement.

Guy étouffa un juron.

Frevisse fit celle qui n'avait pas entendu et continua, comme si elle s'inquiétait pour l'âme du défunt.

— Ne pourrait-on penser qu'il se comportait en meilleur chrétien que nous le pensions ? N'avait-il pas montré, ces derniers temps, une propension à s'amender ?

Lady Anne répondit :

— Je crois qu'il était moins querelleur, mais j'estime aussi que cela est tout bonnement dû au fait qu'il vieillissait et qu'il n'affichait plus la même virulence.

— Pourtant, il n'avait pas été malade ? Il n'était pas fragile ?

— Sir Clement ? railla Guy. En aucune façon. Il n'attrapait pas même un rhume en hiver. Il n'était jamais malade.

Frevisse regarda lady Anne.

— Vous le pensez aussi ?

— Oh, oui. Il se préoccupait toujours de sa petite personne. Il refusait catégoriquement de manger quoi que ce soit qui ne fût pas tout à fait frais, et, pour la cuisson des aliments, il était très pointilleux. Mais malade, non, jamais.

— Quelle sorte d'aliments n'aimait-il pas ? insista Frevisse.

Lady Anne haussa les épaules.

— Cela dépendait de son humeur. Du jour au lendemain, il aimait ou détestait la même chose. C'était complètement injustifié.

Guy approuva de la tête.

— Il était impossible à contenter.

Frevisse entretint la conversation le temps de respecter les convenances, sans pour autant trouver le moyen d'apprendre quelque chose de plus utile de l'un ou de l'autre. Elle se retira, très courtoise, dès qu'elle en eut acquis la certitude, dans l'espoir de rencontrer Jevan, avant de s'apercevoir que l'heure du souper était beaucoup plus proche qu'elle ne le pensait. La politesse exigeait qu'elle y participât, dans le parloir, avec les membres de la famille présents. Elle en prit donc la direction au lieu de se mettre en quête de Jevan.

Tante Matilda ne se leva pas pour l'occasion.

— Mais elle est réveillée et je pense qu'elle se sent mieux, lui apprit Alice. Le père Philip est avec elle, ce qui m'autorise à la laisser.

Elle était sereine, bien que fatiguée, et le comte, très élégant dans son habit de deuil noir, se montrait fort empressé, veillant à ce qu'elle eût les mets les plus raffinés et insistant gentiment pour qu'elle bût et mangeât plus qu'elle ne l'eût fait sans sa présence. Le découvrant si attentionné avec sa cousine, Frevisse trouva pour la première fois quelque chose à aimer chez lui. Mais sa présence signifiait que, puisque l'évêque Beaufort avait choisi de prendre son repas dans ses appartements, et que le père Philip était avec tante Matilda, elle était seule avec sœur Perpetua pour participer à la conversation; et, comme elles ne pouvaient aborder l'unique sujet qui leur tenait à cœur, elles se contentèrent de propos insignifiants, entrecoupés de nombreux silences — que Frevisse mit à profit pour suivre le cours de ses pensées.

Elle eut beau s'interroger, elle ne disposait que de morceaux épars, tels les tessons d'un vitrail qu'elle avait vus un jour dans une église qui avait brûlé. Des éclats et des bris de verre aux couleurs brillantes, avec, de-ci de-là, la partie reconnaissable d'un visage, le pli d'une robe ou des pétales de fleur, sans que le tout suffise à donner une image de l'ensemble. Ce n'étaient que des pièces qui auraient pu ne jamais avoir appartenu à un quelconque motif.

Toutefois, il devait exister un moyen de donner un sens à cette mosaïque disparate. Elle savait que sir Clement avait succombé à la suite de l'absorption d'un aliment empoisonné qui lui était destiné, et à lui seul. Elle ignorait la nature de cet aliment; ou comment on l'avait amené à le manger, puisqu'il semblait avoir su exactement ce qui était dangereux pour sa santé; ou qui le lui avait donné; et pour quelle raison précise. Connaître le mobile n'était pas primordial, car il ne manquait pas de gens qui avaient des raisons de souhaiter sa mort. Mais lequel d'entre eux avait su exactement quel produit utiliser pour mettre un terme à sa vie ? Et comment avait-on fait pour l'introduire dans sa nourriture, lors du banquet ? Guy, lady Anne et Jevan étaient les trois personnes les mieux à même d'avoir agi en ce sens et tous trois avaient une raison de souhaiter sa mort. Ni Guy ni lady Anne, apparemment, ne soupçonnaient que certaines nourritures présentaient un risque mortel pour sir Clement ; à moins qu'ils ne fissent semblant de l'ignorer, l'un ou l'autre, ou tous les deux. S'ils n'étaient pas coupables, il ne restait que Jevan, sauf qu'il avait le plus à perdre à la disparition de sir Clement. Dès lors, il aurait pu être le moins désireux de la souhaiter.

Elle se rendit compte que sœur Perpetua était en train de lui parler, pour respecter un tant soit peu les convenances, et qu'elle avait hoché la tête vers elle, comme si elle prêtait attention à ses dires. Soudain, une parole parvint à se glisser parmi ses propres pensées.

— Pardon ?

Sœur Perpetua s'interrompit, un peu surprise de la rudesse de la réaction de Frevisse, avant de répéter, sans impatience :

— Je disais que j'étais désolée d'avoir été si longue, cet après-midi, pour vous informer de ce que j'avais appris sur le poison, en ne restant pas où vous pensiez me trouver.

— Non, tout était bien, lui assura Frevisse. C'est ce que vous avez dit par la suite, la raison pour laquelle vous êtes partie.

— Parce que quelqu'un était venu parler au père Philip.

— Ce qui m'intéressait, c'est le nom de cette personne.

— Eh bien, il s'agissait du neveu de sir Clement. Celui qui lui ressemble. Il paraissait troublé, ou simplement fatigué peut-être, mais il voulait s'entretenir avec le père Philip en tête à tête. Il m'a paru qu'il valait mieux me retirer plutôt que d'attendre qu'ils le fassent, et je suis donc partie à votre recherche, avec le Galien.

— Il est resté pour parler au père Philip ?

— Il était venu dans ce but, expliqua encore une fois, patiemment, sœur Perpetua.

Ainsi, le père Philip avait parlé avec Jevan, sans doute peu avant qu'elle n'entre dans la bibliothèque, mais il n'avait fait aucune allusion à sa présence. *Pourquoi aurait-il dû le faire ?* se demanda-t-elle. Question à laquelle elle répondit aussitôt : *Pourquoi ne l'a-t-il pas fait ?* D'autant plus qu'elle lui avait annoncé auparavant de quelle mission l'avait chargée l'évêque Beaufort, quand elle avait dû l'informer qu'elle s'intéressait à tout ce qui touchait l'entourage de sir Clement.

Le souper était achevé. Alice et Suffolk se levaient ; les domestiques emportaient les plats pour les nettoyer et s'apprêtaient à ranger la table. Frevisse se mit debout, ainsi que sœur Perpetua, et dit :

— Si vous voulez bien nous pardonner, nous allons faire vêpres, dans la chapelle. Il nous faut rattraper les offices que nous avons quelque peu négligés ces derniers jours.

Personne n'y pouvait rien objecter, sauf peut-être sœur Perpetua, qui était bien loin de nourrir une telle pensée. Mais elle demeura admirablement silencieuse, s'inclina avec Frevisse et la suivit hors de la pièce. Elle attendit d'être dans l'escalier descendant vers la grand-salle avant de demander :

— C'est une excellente idée que vous avez eue, ma mère. Mais que cherchez-vous donc ?

— Je l'ignore, répondit Frevisse. Mais je ne pouvais rester là-bas plus longtemps à ne rien faire.

— Il me semble que vous en avez déjà beaucoup fait aujourd'hui.

— Toutes mes investigations n'auront aucune importance si je ne réponds pas aux questions qui pourraient leur donner un sens.

— Il vaudrait mieux vous reposer, profiter d'une bonne nuit de sommeil.

— Il se peut, admit Frevisse, et elle poursuivit son chemin.

Sœur Perpetua soupira, avant de lui emboîter le pas.

On finissait de nettoyer la grand-salle. Frevisse put voir lady Anne, Guy, sir Ralph, sir Edward et lady Eleanor regroupés près de l'âtre, mais son attention se porta sur maître Gallard qui pressait les domestiques d'égaliser les nattes de jonc là où elles avaient été déplacées par les tréteaux des tables et les jambes des convives. En dépit de toute son agitation, il semblait efficace, comme il l'avait été en tout lors de ces dernières journées. Alors qu'elle savait maintenant qu'il était le frère du père Philip, elle fut incapable de noter une quelconque ressemblance avec lui, physique ou dans sa manière de se comporter.

Il la vit avant qu'elle ait pu se détourner et se précipita, s'inclinant à sa manière sautillante :

— Puis-je vous être utile ? s'enquit-il. Comment se porte maîtresse Chaucer ? Mieux, j'espère. Ce fut une très lourde épreuve pour elle...

— Elle repose tranquillement et c'est ce qu'il y a de mieux pour elle.

— Très certainement. Mais, ne puis-je rien faire pour vous ?

Elle avait eu l'intention de demander à Guy et à lady Anne où se trouvait Jevan, car il n'était pas dans la salle

— Je cherche Jevan Dey, dit-elle alors.

Maître Gallard pinça les lèvres, songeur, et répondit :

— Je pense l'avoir vu se rendre à la chapelle avant le souper. Il n'est pas venu manger, voyez-vous. Il devrait. Il est beaucoup trop maigre. S'il n'est pas allé ailleurs, il est sans aucun doute dans la chapelle.

— Peu de choses vous échappent, n'est-ce pas, maître Gallard ?

Pour Frevisse, c'était un compliment et c'est ainsi qu'il le prit.

— Oui, oui, c'est bien vrai.

— Je n'avais pas fait le rapprochement entre vous et le père Philip.

Maître Gallard parut surpris.

— La ressemblance entre nous est infime, n'est-il pas vrai ?

— Mais vous n'êtes pas mécontent de travailler sous le même toit ?

— Assurément. Nous avons été séparés de nombreuses années, alors que nous avons de l'affection l'un pour l'autre. C'est bon de se retrouver quand c'est possible, avant que...

Il s'interrompit et inspira brusquement, comme s'il venait de commettre une indiscrétion.

— Avant que l'évêque Beaufort ne le prenne à son service, conclut Frevisse à sa place.

Maître Gallard en fut soulagé.

— Vous êtes donc au courant de ses espérances ? Oui, il a bon espoir. Et il n'a pas tort. Il est très intelligent.

— Ambitieux, aussi ?

Elle le dit sur un ton assez plaisant, comme s'ils parlaient d'un fait dont tous deux étaient conscients et qu'ils approuvaient.

Maître Gallard sautilla sur ses pieds et répondit, non sans malice :

— Dans la limite de ce qu'il peut espérer, certes oui.

— Était-il ennuyé par l'insistance de sir Clement à vouloir prouver que vous n'étiez pas nés libres ?

— Ce n'étaient que des absurdités. Autant essayer d'attraper des pigeons en leur mettant du sel sur la queue.

Maître Gallard agita les mains avec désinvolture pour souligner ses propos.

— Les documents existent. Ils sont tous en la possession de Philip. Sir Clement n'avait aucun motif de plainte, même contre moi. Philip aurait été épargné, bien sûr, puisqu'il est prêtre, mais je n'aurais eu aucune protection et m'imaginez-vous dans un village, employé comme homme à tout faire ? Il n'empêche qu'il ne pouvait s'appuyer sur rien. Sir Clement voulait seulement se montrer odieux.

— Cela dit, vous ne regrettez pas sa mort.

— Personne ne la regrette, je le crains.

Maître Gallard baissa le ton pour donner plus de solennité à sa réponse :

— Et rares seront ceux qui prétendront le contraire. Pourtant, après avoir assisté à une telle mort, nous devrions tous réfléchir à l'omniscience de Dieu et nous amender.

— Vous trouviez-vous dans la grand-salle quand cela est arrivé ?

Frevisse ne parvenait pas à se souvenir si elle l'avait vu ou non.

— Non, non. À cause de mes pieds, voyez-vous...

Il sautilla un peu.

— Ils me font mal dès que je reste debout trop longtemps ou si je ne bouge pas. Ils sont très fragiles et, ce matin-là, au moment où les funérailles se terminaient, alors qu'il fallait veiller à placer tout le monde, eh bien, j'avais désespérément besoin de m'asseoir, et c'est ce que j'ai fait, dans la cuisine, où je pouvais être sûr de suivre le déroulement du banquet, bien sûr, et intervenir si besoin était. Mais, quand le tumulte a commencé, à cause de sir Clement, cela m'a pris trop longtemps pour atteindre la salle, à cause de tous ces domestiques qui m'empêchaient de passer et tout et tout. De sorte que j'ai seulement vu qu'on l'emmenait. Cependant, après, des rumeurs ont circulé. Et pas seulement. Une histoire terrible, terrible. Vous êtes-vous remises du choc, mes sœurs ?

— Oui, lui assura Frevisse. Si vous voulez bien nous excuser ?

Tandis que maître Gallard leur assurait qu'elles pouvaient se retirer, Frevisse et sœur Perpetua s'esquivèrent et poursuivirent leur chemin.

— Vous a-t-il appris quelque chose ? demanda sœur Perpetua quand elles furent assez loin pour qu'il ne puisse pas entendre.

— J'ai remarqué que maître Gallard est du même avis que le père Philip. Sir Clement ne représentait pas une menace pour eux. Il aurait mieux valu qu'il dise qu'il avait effectivement vu les documents qui en font foi. Je dois donc me contenter de la parole du père Philip.

— Et il ne vous était guère facile de demander à maître Gallard.

— Non. J'en laisse le soin à l'enquêteur. Il est habilité à questionner et l'on doit lui répondre, quand on me le refuserait, sous prétexte d'impertinence. Mais j'ai aussi appris que maître Gallard était dans la cuisine et a pu avoir accès à la nourriture de sir Clement.

Information inutile, sauf si elle découvrait qu'il avait trouvé le moyen de savoir ce que Jevan servirait à sir Clement, car il était évident qu'il n'avait pas empoisonné tous les plats et n'en avait pas non plus emporté un de la cuisine sans que personne ne le remarque, car c'eût été courir un trop grand risque.

La chapelle était telle qu'elle l'avait vue le premier soir, quand elle était venue prier près du corps de Chaucer. Cependant, les cierges étaient moins nombreux autour du corps et seuls deux hommes étaient agenouillés là. L'un d'eux était Jevan.

Ne voulant pas le déranger, Frevisse fit signe à sœur Perpetua de la suivre à l'autre bout de la chapelle et, à la lueur d'un seule bougie, leurs deux têtes penchées sur le livre de sœur Perpetua, elles récitèrent à voix basse les prières des vêpres. Quand elles eurent fini, sœur Perpetua regarda Frevisse d'un air interrogateur, puis le dos de Jevan et de nouveau Frevisse. Celle-ci haussa les épaules, ne sachant que faire hormis attendre et espérer que ce ne serait pas trop long.

Elle n'eut pas longtemps à patienter. Le froid qui régnait dans la chapelle avait à peine commencé à devenir difficile à supporter que Jevan se redressa avec raideur et se mit lentement debout. Au moment où il s'inclinait devant l'autel, Frevisse s'avança vers lui de sorte que lorsqu'il se tourna elle se trouvait à ses côtés.

— Maître Jevan.

— Mère Frevisse.

Il s'inclina de nouveau. Il était fatigué, cela se voyait à son visage et à la façon qu'il avait de se tenir.

— Il me faut vous parler.

Elle indiqua la porte et il la suivit dans le vestibule. Mais, quand elle s'arrêta, il dit :

— Certaines affaires requièrent absolument ma présence.

— Je ne vous garderai pas longtemps. Ma cousine, la comtesse Alice, m'a demandé de faire part à la famille de sir Clement de toute sa sympathie, car elle veille sur sa mère actuellement, et de vous assurer qu'elle se tient à votre disposition pendant votre séjour.

— C'est très aimable de sa part. J'espère que maîtresse Chaucer n'est pas sérieusement malade ?

— Elle est surtout épuisée par tout ce qu'elle a dû affronter si courageusement.

— Ne va-t-elle pas mieux ?

— Nous pensons que oui.

— Alors, tout est bien.

Il était évident pour lui que la conversation était finie. Il commença à la saluer, prêt à partir. Pour l'en empêcher, Frevisse dit :

— On m'a beaucoup parlé de votre oncle et de son comportement. Il est tout à votre honneur de prier pour lui.

Une rougeur sombre envahit le visage de Jevan. Était-il si peu habitué aux compliments ? se demanda Frevisse.

— Il fallait que quelqu'un priât pour lui, et qui pouvait le faire mieux que moi ?

— Néanmoins, ce n'était pas un homme facile à vivre. Personne ne semble vraiment regretter sa disparition. Et vous ?

— Pas le moins du monde.

C'était une réponse traduisant une conviction absolue.

— Tout son entourage ne peut que se féliciter de sa mort.

— Particulièrement Guy et lady Anne.

Les mâchoires de Jevan se contractèrent, mais il ne flancha pas.

— Maintenant, ils sont libres de vivre comme ils l'entendent, et que Dieu leur accorde d'être heureux.

— Et vous ? Qu'allez-vous faire ? Demeurer au service de Guy ? J'imagine que vous étiez d'une aide des plus précieuses pour sir Clement.

— J'étais son domestique, répondit Jevan.

— Vous auriez pu le quitter, trouver du travail ailleurs.

Jevan secoua la tête.

— Il a tout fait pour s'y opposer. Une fois, j'ai pris un emploi d'emballeur de laine chez un des marchands qui nous l'achetaient. Sir Clement m'a chassé et ne nous a pas laissés en paix, moi non plus que le marchand, jusqu'à ce que celui-ci soit obligé d'accepter mon départ, pour ne plus l'avoir sur le dos. Sir Clement m'a juré qu'il agirait toujours ainsi chaque fois que je voudrais le quitter.

— Au moins, Guy sera un maître plus facile.

— À la première occasion, il me jettera dehors en me maudissant et je n'aurai pas grand-chose à emporter. Nous ne sommes pas en bons termes.

— Il vous en veut toujours à cause de cette histoire de massepain.

Un bref sentiment de plaisir flotta sur le visage de Jevan.

— Dans chaque morceau, on avait mis des moitiés de noix. Quand il les a aperçues, sir Clement s'est mis à écumer de rage et il ne lui a jamais pardonné. Par la suite, il devenait furieux chaque fois qu'il rencontrait Guy.

Comme par simple curiosité, Frevisse demanda :

— Mais pourquoi ?

Le visage de Jevan avait repris son habituelle expression souffrante.

— Sir Clement ne supportait pas les noix. Elles le rendaient malade. Guy l'ignorait.

— Après l'affaire du massepain, il est probable que tous ceux qui se sont trouvés, une fois ou une autre, à portée de voix de sir Clement ont dû être au courant, remarqua Frevisse.

— Certes, confirma Jevan d'un ton sinistre.

Comme si elle voulait lui témoigner de la commisération, sans montrer sa satisfaction d'avoir enfin entre les mains l'élément nouveau dont elle avait besoin, et désireuse d'en savoir plus, Frevisse poursuivit.

— Sir Clement avait un estomac très délicat, m'a-t-on dit. Il ne buvait que du lait à peine trait. Son gobelet ne pouvait être en étain. Est-ce qu'il faisait semblant ou est-ce que tous ces aliments le rendaient réellement malade ?

— Certains, oui, mais pas autant qu'il le prétendait. Pour les noix, c'est vrai. Même leur simple contact...

Jevan s'interrompit et secoua la tête.

— Ma mère, il me déplaît de parler de lui et je suis requis par mes obligations. Si vous voulez bien m'excuser.

— Pardonnez-moi. Bien sûr. Je me suis oubliée et j'ai bavardé inconsidérément, répondit Frevisse. Merci pour votre gentillesse. Et n'oubliez pas l'offre de ma cousine. Tout ce qu'il vous plaira de demander pendant votre séjour à Ewelme...

Jevan s'était éloigné alors qu'elle continuait à parler. Les mots moururent sur ses lèvres et elle resta là, le nez levé, songeuse.

CHAPITRE XVII

Pendant la nuit, le monde s'était couvert de givre — l'herbe, les arbres et les toits en étaient tout blancs. Une frange de glace courait le long des eaux noires des douves. Les arbres étaient noyés dans la brume, qui effaçait les distances. Le froid qui, la veille, essayait de se faufiler par les angles des fenêtres avait maintenant envahi le parloir, de sorte qu'il fallait se placer tout près du feu de cheminée pour vraiment profiter de la chaleur qu'il dispensait.

Bien au chaud dans ses amples robes de belle laine — celle qu'il offrait aux regards était doublée d'une fourrure splendide —, Beaufort avait choisi de prendre place au fond de la pièce, d'où il pouvait observer tous ceux qui entraient et continuer à le faire quand, après l'avoir salué et avoir respectueusement baisé son anneau épiscopal, ils s'éloignaient et se mêlaient aux autres.

Mère Frevisse était venue le trouver, la veille au soir, pour lui demander d'organiser cette réunion en prétextant que la comtesse Alice désirait faciliter le séjour forcé des membres de la famille de sir Clement et des trois autres invités qui attendaient de témoigner devant l'enquêteur de la Couronne. Beaufort en avait profité pour suggérer à nouveau à mère Frevisse de remettre l'affaire entre les mains de l'enquêteur si elle le souhaitait. « Maître Geoffrey est compétent. Il fera le meilleur usage de tout ce que vous lui apprendrez et vous en saura gré. Vous en avez déjà beaucoup fait et je vous en remercie », lui avait-il dit.

Elle s'était humblement inclinée mais avait répondu :

« Avec votre permission, c'est une affaire que j'aimerais pouvoir mener à son terme.

— Et vous pensez y arriver en réunissant tout le monde ?

— Tout le monde et sans que personne ne soupçonne rien. Oui, je le crois. »

Il aurait pu lui opposer plusieurs arguments, ou refuser, mais sa détermination et l'intelligence qu'elle avait jusqu'alors montrée dans son enquête l'avaient autant amusé qu'intéressé. Il voulait savoir jusqu'où elle était capable d'aller et avait gagné l'accord de la comtesse Alice sans lui expliquer pourquoi il lui demandait cette faveur.

Ils étaient donc tous réunis dans le parloir, mère Frevisse tranquillement assise d'un côté, accompagnée de l'autre nonne, toutes deux plongées dans l'anonymat de leur habit et de leur voile. Beaufort prenait soin de ne leur jeter que de rares regards, mais il estima que mère Frevisse observait tous ceux qui se trouvaient dans la salle avec autant d'attention que lui. En outre, elle en savait plus sur eux, car elle n'avait pas complètement expliqué ce qu'elle avait appris en les questionnant, non plus que ce qu'elle avait l'intention de faire en cette matinée. Il commençait à être déconcerté par son intelligence et sa volonté, si soigneusement maîtrisée, comme il l'avait toujours été par ces deux qualités chez Thomas.

Les deux chevaliers et la dame qui se trouvaient

présents pour la seule raison qu'ils avaient été assis trop près de sir Clement lors du banquet conversaient avec Suffolk. Beaufort ne leur accorda guère d'attention; il avait décidé que ni eux ni Suffolk ne faisaient partie des personnes que Frevisse soupçonnait.

La comtesse Alice, dont la robe de deuil mettait en valeur la blondeur, se tenait près de lady Anne. Leurs deux fronts se touchaient presque, la jeune fille écoutant ce que lui disait la comtesse et approuvant de la tête en ouvrant de grands yeux. Elle était jolie, mais Beaufort était peu sensible au charme physique — chose transitoire. Le sien disparaîtrait sans doute avec la jeunesse et il était fort probable que cela avait échappé au jeune nigaud qui voulait l'épouser. Pour l'heure, il se tenait auprès de sa belle, très fier qu'elle lui appartienne.

Le neveu auquel la mort de sir Clement ne profitait en rien restait à l'écart de tout le monde, remarqua l'évêque. Il serrait dans sa main un des gobelets de vin chaud aux épices que distribuaient les domestiques et regardait soit l'un soit l'autre parmi ceux qui parlaient autour de lui. Il était regrettable qu'il ressemblât tant à son oncle; cela suffirait à lui attirer l'hostilité des gens. Mais il ressemblait aussi à sa mère, à ce compte-là. Beaufort l'avait un peu connue. Comment une telle femme, bavarde impénitente et d'un caractère qui s'accordait bien à celui de son frère, avait-elle pu se marier par amour était chose incompréhensible pour Beaufort, mais c'était la vérité. Avec pour conséquence à long terme de ruiner l'existence de son fils. Pour l'instant, tout ce que le jeune Dey avait retiré du drame qu'était devenue sa vie par la faute d'autrui était son apparente froideur.

Qualité dont manquait totalement l'espèce d'huissier qui, près de la porte, réglait les entrées et les sorties des domestiques en trépignant. Beaufort eût aimé qu'on lui posât une lourde charge sur la tête de manière qu'il se tînt tranquille quelques instants. Pourquoi Matilda avait-elle engagé une telle créature ?

Heureusement, elle n'était pas là. Elle ne montrait d'ailleurs aucune envie de vouloir se lever et personne ne le lui avait suggéré.

Le père Philip entra derrière un autre domestique qui portait un plateau de tartelettes — au moins, si rien ne se passait, ils auraient bien mangé quand tout serait fini. La veille, mère Frevisse avait semblé certaine de l'innocence du père Philip. Le soir même, elle n'en était plus aussi sûre, et Beaufort avait dû dissimuler l'embarras qu'il en concevait. Il fallait autant que possible éviter d'avoir à se séparer d'un homme de l'intelligence et de l'utilité du père Philip.

Beaufort observa le prêtre qui s'arrêta pour parler au jeune Dey trop bas pour être entendu, avant de s'approcher pour lui faire sa révérence. L'évêque l'accepta d'un air absent, remarquant, par-dessus l'épaule du prêtre, que la teneur de ses propos n'avait en rien modifié l'expression de Dey. Le jeune homme n'avait même pas hoché la tête ou répondu, se contentant de prendre une tartelette sur le plateau du domestique qui attendait, avec le geste absent de celui qui désire rester seul.

Maintenant que le père Philip était là, il ne manquait plus personne. Beaufort regarda en direction de Frevisse. Elle leva la tête pour croiser son regard et, d'un imperceptible mouvement, lui fit comprendre qu'elle était prête. Espérant qu'elle savait vraiment ce qu'elle allait faire, Beaufort se leva.

Chacun reporta son attention vers sa personne et les conversations cessèrent. Il attendit que le silence fût complet, le laissa même se prolonger un peu, avant de déclarer :

— Vous ne vous êtes pas demandé pour quelle raison on vous a conviés ici, estimant qu'il s'agissait d'une marque de courtoisie. Mais il y a une autre raison. Je vous prie d'écouter attentivement ce que va dire mère Frevisse.

Il se rassit et toutes les têtes se tournèrent vers elle. Elle se leva, les mains croisées sous ses manches, l'air doux, et, d'une voix claire et bien perceptible, elle commença par ces mots :

— Son Excellence, le cardinal-évêque de Winchester, a pensé dès le début que la mort de sir Clement n'était pas due à l'intervention de Dieu, mais qu'il avait été assassiné.

La consternation et la surprise se peignirent à divers degrés sur tous les visages. Mère Frevisse poursuivit, imperturbable, et personne ne l'interrompit.

— Il m'a chargée d'en savoir le plus possible sur la manière dont il a été tué, et par qui. En un sens, j'ai beaucoup appris. Mais ce n'est pas suffisant. Nombreux étaient ceux qui n'aimaient pas sir Clement, qui le détestaient même. Mais, parmi eux, quelques-uns seulement avaient la possibilité de le frapper pendant le banquet, et tous sont présents ici ce soir.

Alors que les autres se jetaient des regards en biais, méfiants, Suffolk s'avança et lança, d'une voix autoritaire que renforçait l'indignation qu'elle exprimait :

— Seriez-vous en train d'accuser l'un d'entre nous de l'avoir tué ?

— Oui.

Suffolk ouvrit la bouche pour répondre, mais Beaufort se contenta de lever les doigts de sa main droite, qui était appuyée sur le bras de son fauteuil, et Suffolk se calma. Mère Frevisse poursuivit :

— Il fallait que ce soit quelqu'un bien au fait du penchant de sir Clement à invoquer le jugement de

Dieu. Cela aurait pu être quiconque serait resté en sa compagnie un certain temps. Mais il fallait aussi que ce soit une personne qui eût le moyen de l'empoisonner lors du banquet.

Le mot « poison » fit le tour de la pièce, en un seul murmure relayé de bouche en bouche. Le regard de mère Frevisse voyagea impartialement d'un visage à l'autre, enregistrant la diversité des expressions. Beaufort n'aurait su dire s'il s'était attardé sur l'un d'eux plus longtemps.

— J'étais encline à penser qu'il avait pu être souffrant ou même frappé par Dieu lors du banquet, et empoisonné seulement plus tard, dans la pièce où on l'avait transporté pour qu'il se rétablisse. Mais, d'après ce que j'ai appris, il a sûrement été empoisonné lors du banquet, au milieu de nous tous, par quelqu'un capable de profiter du moment où il ne manquerait pas de défier Dieu de le juger. Quelqu'un qui connaissait un aliment qui pouvait s'avérer dangereux pour sir Clement, et uniquement pour celui-ci, au point qu'aucun autre convive n'en aurait souffert, eût-il même mangé avec lui.

— Absurde ! s'exclama Suffolk. Un tel poison n'existe pas !

— Il existe, s'interposa Beaufort. Nous le tenons de bonne source et mère Frevisse a mon aval pour continuer.

Leurs regards se croisèrent et Frevisse poursuivit :

— Pour nombre de gens, sir Clement ne représentait qu'une source de contrariétés, qu'on supportait à défaut de pouvoir l'éviter. Pour d'autres, c'était un homme véritablement dangereux. Le père Philip...

Des regards étonnés se tournèrent vers le prêtre. Il les accueillit d'une légère inclinaison de la tête sans se départir de son calme.

— ... était menacé par sir Clement, qui prétendait prouver qu'il n'était pas né libre. Tout comme son frère, maître Gallard, et, alors que le père Philip ne semble pas avoir eu accès à la nourriture de sir Clement pendant toute la durée du banquet, il en va tout autrement de maître Gallard.

Maître Gallard la considéra bouche bée depuis l'entrée, lança un regard perplexe vers son frère avant de le fixer de nouveau sur mère Frevisse, incapable d'articuler les mots de protestation qui lui venaient.

— Est aussi dans ce cas Jevan Dey, qui a servi sir Clement tout au long du repas, a tenu chaque plat qui lui était destiné et le détestait peut-être plus que tous les autres.

Jevan affronta les yeux braqués sur lui avec une froideur égale à celle qu'il affichait depuis le début.

— Lady Anne, qui était assise à côté de sir Clement, avait chaque plat une fois servi à portée de la main. En outre, ils partageaient le même gobelet. Elle haïssait sir Clement...

— Et je continue à le haïr, se rengorgea lady Anne.

Guy lui prit la main, lui intimant l'ordre de garder le silence, mais elle n'en eut cure.

— J'espère qu'il brûle au plus profond de l'enfer !

— C'est une éventualité, dit Beaufort, mais là n'est pas la question.

Mère Frevisse reprit, inexorable.

— Si elle décidait de s'opposer au choix de sir Clement concernant son mariage alors qu'elle était encore sa pupille, il pouvait la ruiner en lui infligeant toutes les amendes que la loi prévoit en ce genre d'affaire. Pis, s'il l'obligeait à l'épouser, elle ne pourrait jamais convoler avec Guy, l'homme qu'elle avait choisi. Il est indéniable qu'elle avait une raison de souhaiter la disparition de sir Clement, et le plus tôt possible.

— Moi aussi, dans ce cas !

Guy posa un bras possessif, protecteur, autour de la taille de lady Anne.

— Si fait, acquiesça mère Frevisse. Et, assis où vous l'étiez tous deux, chacun d'un côté, vous auriez pu agir de concert, l'un de vous le distrayant tandis que l'autre introduisait les noix dans... dans quoi au fait ? La tourte ? Finement broyées, on n'aurait rien remarqué...

L'intervention soudaine du père Philip lui coupa la parole. D'une seule enjambée, il franchit la distance qui le séparait de Jevan, lui saisit le poignet et l'écarta de sa bouche. Sans mot dire, se raidissant, Jevan essaya de résister à sa prise. Mère Frevisse avait dû voir le prêtre bondir au moment même où il s'élançait — elle était déjà là, arrachant le morceau de tarte, qu'il n'avait pu mordre, de la main de Jevan.

— Non, dit-elle avec douceur. Une fois suffit, Jevan. N'ajoutez pas le péché au péché.

Avec un profond soupir, tout frémissant, Jevan cessa de lutter et abandonna sa main à celle du père Philip. Ses yeux n'étaient plus dépourvus d'expression, mais amers et fatigués, désespérés aussi, quand il la regarda et lui dit :

— Ne croyez-vous pas que cela aurait été une manière d'obtenir miséricorde ? Mourir comme il est mort eût été une façon d'expier.

— Mourir de votre main c'est vous damner, lui répondit le père Philip, qui ne l'avait pas lâché.

Jevan lança la tête en arrière, comme un coursier à la fin d'une épreuve qui cherche de l'air pour maintenir son effort. Sa poitrine se gonfla sous l'effort et c'est d'une voix pitoyable, ravagée par le chagrin, qu'il dit :

— Je suis né alors que la lune était à son décours, quand tout va sens dessus dessous !

Il regarda vers lady Anne, toute proche, et la douleur dans ses yeux fit place à de la tendresse.

— J'ai payé pour votre bonheur. Puissiez-vous être heureuse !

— Oh, Jevan ! s'écria lady Anne. Vous l'avez tué !

Du coup, l'incompréhension qu'on lisait sur le visage de Guy disparut. Il s'avança vers Jevan, les deux poings serrés.

— Tu l'as tué, avec l'intention de m'en faire accuser ! Espèce de sale chien rampant, je...

Maître Gallard s'interposa et l'immobilisa en lui saisissant le bras et Guy eut beau tenter de se dégager, retournant sa colère contre lui, il en fut incapable.

— Non, dit mère Frevisse d'une voix tranchante. C'est exactement ce qu'il a toujours voulu éviter.

Elle ne regardait que Jevan, avec une tristesse que Beaufort ne comprit pas. Et Jevan lui rendit son regard — tous deux étaient seuls, dans l'attente de ce qu'elle allait devoir dire, en dépit de tous ces gens qui les entouraient.

— Vous vous êtes donné beaucoup de mal et avez longtemps attendu, je crois, avant d'avoir une occasion de tuer sir Clement de telle sorte qu'on ne pourrait soupçonner personne. Un grand banquet, avec de nombreux convives, au cours duquel sir Clement, comme à son habitude, se lèverait de table pour défier Dieu de le juger, et nul n'a rien trouvé à redire à sa mort car qui, parmi nous, avait déjà vu un homme mourir de la manière dont mourut sir Clement ? N'était-ce pas ainsi que vous l'envisagiez ? Et, quand vous avez compris que vous aviez échoué, que nous savions qu'il s'agissait effectivement d'un meurtre, vous avez décidé de manger cette tarte aux noix et de connaître une mort identique.

Jevan lui répondit, à elle et à elle seule :

— Quand j'étais enfant, il en a mangé, une fois, par accident. J'ai vu l'effet que les noix lui faisaient. Il était furieux, à cause du résultat et parce que j'en avais été témoin. Il m'a obligé à en manger, il m'a forcé à les avaler et il a ri quand sont apparues les démangeaisons et les marques sur la peau. Les effets sur lui étaient pires, mais il disait que c'était ainsi, que cela lui était déjà arrivé et que, chaque fois, ça s'aggravait. Cela s'est reproduit, un autre jour, plus tard. Il a failli en mourir. Aussi espérais-je que s'il en mangeait de nouveau, cela lui serait fatal.

— Et, quand son existence vous est devenue insupportable, tant pour votre propre sécurité que pour lady Anne, vous vous en êtes souvenu, dit Frevisse.

— Oui. Et j'ai patienté, comme vous avez dit, longtemps, avec le paquet de noix en poudre dans la bourse de ma ceinture, guettant le moment favorable.

Il parlait presque comme s'il récitait une leçon, comme si, à force de se les répéter trop souvent, les mots avaient perdu toute fraîcheur.

— Ce matin-là, j'ai discuté avec le cuisinier alors qu'on était en train de préparer les tourtes. Elles avaient été cuites à blanc, le couvercle simplement posé sur la partie intérieure, en attendant qu'on mette la garniture. En profitant de l'agitation qui régnait, il était facile de heurter le couvercle de celle destinée à sir Clement et de s'arrêter, comme pour le remettre à sa place. Au lieu de quoi...

Il perdit de son calme et s'interrompit pour respirer profondément.

— Au lieu de quoi, en tournant le dos à tout le monde, j'ai répandu la poudre de noix... je la gardais dans la main... sur la garniture de viande et j'ai remis le couvercle par-dessus. Personne n'avait suffisamment remarqué ma présence pour s'en souvenir, ou penser que mon geste avait de l'importance, si jamais on s'en souvenait.

— Mais, dans la chambre, quand il a commencé à aller mieux, comment l'avez-vous de nouveau empoisonné? demanda mère Frevisse.

— Je n'ai rien fait de tel. Cela lui était déjà arrivé. Il paraissait se rétablir juste avant que les effets ne redoublent. Et, cette fois, la rechute a été mortelle.

— Et vous vouliez nous faire croire que c'était Dieu qui l'avait tué! s'indigna Suffolk.

Des murmures et des exclamations de colère se firent entendre dans la salle, mais Beaufort y mit fin en quelques mots :

— Pourquoi avez-vous agi ainsi? Peu importe la haine que vous lui portiez, vous aviez si peu à gagner à sa mort. Pas assez, certes, pour compromettre le salut de votre âme. Pourquoi avez-vous agi ainsi?

D'une voix sourde, remplie d'orgueil, il répondit :

— Je n'espérais plus rien pour moi, que je vive ou non. Mais je pouvais lui offrir la possibilité de vivre selon son cœur.

— Mais, Jevan...

Lady Anne, que Guy entourait de ses bras, dut faire un effort pour trouver ses mots.

— Vous savez que j'aime Guy. Que je l'ai toujours aimé. Que je ne vous aime pas.

Une lueur douloureuse passa dans les yeux de Jevan, qui exprimaient un désespoir infini.

— Je sais, dit-il, et il détourna le regard.

Comme le ciel était couvert, le soir tomba rapidement, amenant un froid glacial. Il n'y avait plus de feu dans la bibliothèque de Chaucer. Frevisse et sœur Perpetua étaient assises l'une près de l'autre, récitant complies, éclairées par la seule lumière d'un cierge.

Elles s'y étaient rendues pour donner à Frevisse l'occasion de jouir d'un peu de répit après toutes les questions dont on l'avait pressée au long de cette journée. La confession de Jevan n'en avait été que les prémices. Suffolk avait ordonné qu'on le mette sous bonne garde en attendant l'arrivée de l'enquêteur, mais Frevisse avait dû rester dans le parloir pour répondre à toutes les interrogations de l'assemblée, jusqu'à ce qu'on lui apprît que tante Matilda était au fait des derniers événements et qu'elle désirait voir sa nièce.

Il lui avait alors fallu tout répéter et expliquer, une fois encore. À la fin, tante Matilda était restée assise sur son lit, avalant du bouillon et du pain avec plus d'entrain qu'elle n'en avait montré depuis quelques jours. Elle trouvait extrêmement choquant qu'un meurtre eût été commis pendant des funérailles. « Mais si quelqu'un devait en être la victime, on n'aurait pu trouver mieux que sir Clement. Je ne l'ai jamais aimé. »

On avait alors annoncé l'arrivée de l'enquêteur. Frevisse avait été priée d'aller le rencontrer, ainsi que l'évêque Beaufort. L'enquêteur l'avait écoutée avec autant de calme que d'attention. Elle lui avait tout raconté, ajoutant force détails qu'elle n'avait pas fournis aux autres, expliquant même pourquoi elle avait mis au point son subterfuge.

« Rien ne me permettait de confondre l'un des trois principaux suspects, non plus que de m'opposer à ses éventuelles dénégations. Jevan m'avait lui-même informé que les noix rendaient son oncle malade. Ce qui m'avait fait penser qu'il pouvait être innocent. Pourtant, il aurait pu simplement ne pas avoir cherché à le cacher, dans l'ignorance où il était qu'on suspectait un meurtre et qu'il valait mieux se taire. D'autre part, le mutisme de Guy et de lady Anne à propos des noix pouvait parler en leur faveur... ils ignoraient que cela avait une quelconque importance et n'éprouvaient pas le besoin d'en parler... ou en leur défaveur... il s'agissait pour eux de dissimuler un fait capital. Il n'y avait aucun moyen de trancher. Mais je savais, pour l'avoir lu dans Galien, qu'un simple contact avec un aliment auquel vous êtes allergique, les noix, donc, dans le cas de sir Clement, suffit à provoquer l'apparition de rougeurs et de démangeaisons. Je me suis souvenue que lors du décès de sir Clement, alors que nous l'entourions tous, très inquiets, dans la chambre, quelqu'un se frottait la main contre la cuisse. Il la frottait sans arrêt, comme s'il était très énervé. Ou souffrait d'une terrible démangeaison. Cela m'était revenu, mais pas le nom de la personne qui avait eu ce comportement. Guy ou Jevan, croyais-je, et cela m'a fait penser que le meurtrier pouvait, tout comme sir Clement, être allergique aux noix, qu'il les avait touchés, même brièvement, et qu'il en subissait les conséquences. Je me suis donc arrangée pour que tout le monde se trouve réuni et j'ai demandé au cuisinier de faire des tartelettes aux noix, mais qu'elles n'apparaissent pas trop, de manière que les convives ne s'en aperçoivent pas avant de les avoir en main. Ensuite, j'ai cherché à voir qui en tenait une à la main sans la manger.

— Et Jevan Dey n'en a pas mangé, avait dit l'enquêteur.

— Effectivement. »

Ainsi avait-elle découvert le nom du meurtrier. Qui faillit lui échapper presque aussitôt quand il se rendit compte que ses efforts pour ne faire soupçonner personne avaient échoué et qu'il essaya de s'infliger la mort qu'il avait fait subir à son oncle.

Par contre, elle ignorait encore comment le père Philip avait su qu'il devait intervenir pour l'en empêcher.

Mais, entre-temps, elle avait remis un assassin à la justice et elle pouvait se dire que cela était une manière de réparer les choix qu'elle avait faits au printemps précédent. Pourtant, l'image de Jevan quittant le parloir encadré par les hommes de Suffolk demeurait vive dans son esprit — un jeune homme solitaire qui serait pendu avant le printemps prochain.

Sœur Perpetua et Frevisse achevèrent de réciter complies.

Tout n'était que calme autour d'elles, mais aucune ne bougeait. Ce calme, en dépit du froid et des ténèbres, leur offrait un vrai réconfort.

Un léger bruit de pas à l'extérieur leur apprit que leur moment de répit était passé. Frevisse rassembla ses forces, prête à répondre à ce qu'on allait lui demander, et quand on donna un petit coup à la porte, « *Benedicite* », répondit-elle, espérant qu'elle avait parlé d'un ton accueillant. Au regard que lui décocha sœur Perpetua, elle comprit qu'il n'en était rien.

Le père Philip entra, portant un autre cierge. Bien qu'il en protégeât la flamme de la main quand il traversa la pièce, elle se mit à s'agiter, faisant papillonner les ombres autour d'elles jusqu'au moment où il posa le cierge sur la table près des nonnes. Il considéra la pièce.

— Pas de maître Lionel ?

— Il est allé se coucher, j'espère, dit Frevisse. Même lui doit faire sa part au sommeil.

Ainsi, le prêtre n'était pas là par hasard, mais dans un but précis — comme elle —, pour parler des événements. Cependant, rien dans sa voix ne permit à Frevisse de deviner la nature de ses sentiments. Elle le regarda d'un air interrogateur.

— Vous auriez préféré que je n'eusse point agi ainsi ?

— J'aurais préféré que Jevan eût un peu plus de temps pour surmonter ses tourments et gagner une sorte de paix. Hier, il est venu se confesser.

— Voilà pourquoi vous avez cru devoir l'empêcher de manger la tarte.

Et pourquoi il n'avait pas soufflé mot de sa conversation avec Jevan.

Le père Philip hocha la tête. Il semblait aussi fatigué qu'elle, mais, tout comme elle, il n'en avait pas encore terminé avec cette journée.

— Il m'a confessé le meurtre et m'a avoué qu'il continuait à haïr sir Clement, même au-delà de sa mort, et qu'il n'espérait rien de la miséricorde divine. S'il avait pu en avoir le temps, mais cela ne lui sera sans doute pas accordé, il aurait pu se libérer de ses démons et mourir avec une âme apaisée.

— À moins que le temps qui reste jusqu'au jugement dernier n'y suffise pas.

Frevisse n'essaya pas de dissimuler le chagrin qu'elle en éprouvait.

— Toute sa vie ne fut qu'une interminable souffrance.

— Aussi profonde qu'interminable.

— Au moins l'avez-vous empêché de mettre fin à ses jours. Le meurtre laisse une chance de se repentir et de gagner le ciel, quand le suicide l'aurait condamné sans espoir.

— C'est cette existence sans espoir qui l'a conduit à envisager un tel acte, dit le père Philip d'un ton grave.

Frevisse enfonça ses mains plus profondément dans ses manches, se recroquevillant pour lutter contre le froid qui s'insinuait dans son corps.

— Je n'aurais pas hésité à m'en tenir rigueur.

Le sourire du père Philip passa presque inaperçu à la faible lueur des bougies.

— Mais Son Excellence l'évêque vous saura gré de la façon dont vous l'avez si bien servi.

— Je préférerais qu'il n'en fît rien, répondit-elle sèchement. Je resterai le temps qu'il conviendra à tante Matilda. Puis, avec sœur Perpetua, nous retournerons à Sainte-Frideswide et, s'il plaît à Dieu, nous en resterons là.

— Les choses ne sont plus aussi simples que jadis, fit remarquer sœur Perpetua avec conviction.

— Particulièrement la justice, ajouta le père Philip.

— La justice, certes oui, renchérit Frevisse.

Mais la justice ne semblait pas une réponse suffisante. Elle laissait trop de questions en suspens, et plus particulièrement le désespoir de Jevan qui, en fin de compte, avait plus sûrement causé sa perte que les efforts de Frevisse pour atteindre la vérité. Elle se leva.

— Il doit bien se trouver un endroit dans cette demeure où nous aurons plus chaud. Allons-y.

Cet ouvrage a été réalisé par

FIRMIN DIDOT

GROUPE CPI

Mesnil-sur-l'Estrée

pour le compte des Éditions 10/18
en août 2002

Imprimé en France
Dépôt légal : septembre 2002
N° d'édition : 3405 – N° d'impression : 60559